シュレーディンガーの猫

量子詩の世界

Translated to Japanese from the English version of
Schrödinger's Cat

Devajit Bhuyan

Ukiyoto Publishing

Ukiyoto Publishing

掲載 2024

ISBN 9789360168278

www.ukiyoto.com

量子物理学の三銃士、エルヴィン・シュレディンガー、
マックス・プランク、ワーナー・ハイゼンベルクに捧ぐ

内容

シュレーディンガーの猫

私たちは、空間、時間、物質、エネルギーに囲まれたブラックボックスの中にいる。

空間と時間の領域で、私たちは相乗効果を生み出すための変換に忙殺されている。

また、体脂肪の蓄積によってエネルギーを物質に変換している。

しかし、ブラックボックスの境界の中では、私たちの人生は終わり、すべてが休息する。

この無限の銀河の中で、ブラックボックスの向こうに何があるのか、誰も知らない。

物理的に検証する技術もない宇宙の果てに何があるのか。

ブラックボックスの向こうには秘密があり、未知の力が保存されている。

シュレディンガーの猫を箱から出すことはできる。

それでも、パラドックスから抜け出すのは容易ではない。

人生の究極の真実を知るために、人間は常に困難に直面する。

エントロピーが人を殺す

宇宙のエントロピーは日々増大している。

しかし、我々にはそれを減速させる機械も方法もない。

ブローダウンする機械を発明する物理法則もない。

真実を知るだけでは十分ではない。

目の前で毎日、望ましくない破壊が起きている。

エントロピーを増大させるために、人類の人口は毎月増加している。

エントロピーの不可逆的なプロセスは、やがて最大になるかもしれない。

人類と至高の動物は、月への移住を余儀なくされるだろう。

プラスチックなしでは賢くない高齢者を笑うな。

少なくとも、エントロピーの増大という現象は、素朴なものではなかった。

物質とエネルギーの二元性

物質とエネルギーの二元性はとてもシンプルだ。

毎瞬、何十億もの星がそれを行っている。

銀河は物質として誕生し

銀河の物質はエネルギーとして消滅する

しかし、すべての物質とエネルギーの総和はゼロである。

その中間にある反物質とダークエネルギーは未知のヒーローである。

私たちは物質とエネルギーで遊んでいる。

しかし、簡単なテクニックを発明するにはまだ遠い。

時間と空間の領域では、私たちの存在は限られている。

物質とエネルギーを変換する簡単な技術を習得した日には

時間と空間の壁は無限ではなくなる。

神は猫と一緒にシュレーディンガーの箱の中にいることになる。

宇宙はフライング・バットと呼ばれる人工知能ロボットに支配されるかもしれない。

パラレル・ユニバース

宗教は昔からパラレルワールドの存在を語ってきた。

物理学と科学界は、それを想像上のものであり、無知であると言った。

物理学が深化し、多くの自然現象を説明できなくなるにつれ

今、彼らは、それらを説明するために、パラレルワールドが説明であると言っている。

しかし、科学者たちは、千年も前の考えを認めようとはしない。

素粒子物理学、素粒子物理学そのものが哲学的思想なのだ。

科学的な実験によって裏付けられたのは、数十年後のことである。

しかし、同じような哲学を別の言葉で説明すると、科学者たちは拒絶する。

これが科学界のブラックボックス思考症候群である。

科学において「わからないことは知識ではない」は通用しない

パラレルワールドが証明されれば、科学者たちは沈黙を守るだろう。

オブザーバーの重要性

時間地平線のシュレーディンガーの箱を開けると

箱の中の猫が生きているか死んでいるかは確率の問題である。

外部からの観測者は、それを確信を持って予測し、確認することはできない。

しかし、われわれが観測すると、状況は異なる可能性が高い。

だから事象の地平面では、観測者が重要なのである。

二重スリット実験では、粒子は観測されると異なる振る舞いをする

なぜ粒子がもつれるのか、この点についての説明はない。

もつれた粒子間の情報は光よりも速く移動する。

だから、将来、太陽系外惑星や宇宙人との交信が可能になる。

人工知能

心臓のようなポンプは必要ない。

機械はミツバチのようにマスタードの花から蜂蜜を集めることはできない。

同じ土から、植物は甘いもの、酸っぱいもの、苦いものを作ることができる。

人工知能にとって、自然の土俵でプレーするのは別のゲームになるだろう。

人工知能と太陽光発電を備えたロボットがすべてを行うのであれば

人類がこの地球で生きていく目的も理由もなくなってしまう。

今こそ、人類は他の惑星や銀河系に旅立つべき時なのだ。

不滅の肉体のための新たな遺伝子コードに署名することを試みるべきだ。

私は、知的コンピューターの下で無限に生きることに興味はない。

たとえ時間が覚えていなくても、今日、独立した考えで死なせてほしい。

時空を壊すな

無限の宇宙では光の速度は遅すぎる

これは惑星の個性を守るための安全策かもしれない。

宇宙人と人類が頻繁に戦争を起こせないようにするためである。

何十億光年も離れた星々では、他の文明が栄えているかもしれない。

光より速く移動することは、ホモ・サピエンスの未来にとって良いことではないかもしれない。

結果を知らずにスピードという安全弁を壊さないようにしよう。

時間の次元のトンネルは文明を逆さまにする

コビド 19 のワクチンでさえ、ウイルスに対抗するために使用され、現在では健康上の大混乱を引き起こしている。

私たちの群れから健康な若者が理由もなく死んでいく

中途半端な知識は、無知やまったく知識がないよりも悪い。

光速が破られ、時間のトンネルを抜ければ、ホモ・サピエンスは滅びるかもしれない。

ワンス・アポン・ア・タイム

むかしむかし、人々は太陽が太陽の周りを動いていると考えていた。

夕方になると海に沈み、朝になるとまた出てくる。

太陽が出てくるには、毎朝神の許可が必要だ

原始時代の人々は、なんと無知で非科学的なのだろう。

何百万年もの間、人々は核爆弾を作ることを知らなかった。

ピラミッドやモニュメント、大きな墓を作ったのはいいことだ。

そうでなければ、私たちは現代文明の時代に到達していなかっただろう

中世の時代には、人類の文明は忘却の彼方に行っていただろう。

かつて私たちは、光が伝播するエーテルについて教えられた。

今、科学者たちは、物理学者と呼ばれる人たちがあまりにも空虚だったと考えている。

今日、ビッグバン理論、定常理論、多重理論、弦理論、どれが正しいのか誰も知らない。

しかし、定常理論では、宇宙の始まりも終わりもない。

惑星、恒星、銀河は人間と同じように生まれては死ぬ。

人間にとって、時間のスケールと次元の違いは別のものだ。

神の方程式

私たちは、他の生物や非生物と同じ原子の塊に過ぎないのだろうか。

それとも、人間の体内の原子の組み合わせは、他のものとはまったく違うのだろうか？

異なる原子の組み合わせにしか、意識を吹き込むことはできない。

人間、ロボット、人工知能を持つコンピューターには違いがある

かつて私たちは、原子は存在する最小の粒子であると言われた。

陽性の陽子、中性の中性子、そして陰性の電子が基本である。

しかし、もっと深く掘り下げていくと、そうではないことがわかる。

基本粒子は光子かもしれないし、ボソンかもしれないし、単なる弦の振動かもしれない。

ある科学者は、物質は単なる情報なのではないかと言っている。

それはコードに従って結合し、異なる表現を与える。

しかし、意識とその起源に関しては、何の解決策もない。

リンゴとそのリンゴで作ったワインを食べて幸せになろう。

科学者が神の方程式を見つけるまで。

哲学者ディベート

卵が先か、鳥が先かの哲学者論争

両者の論理は等しく強固である。

物質とエネルギーの場合、そのような議論はない。

エネルギーから宇宙が生まれたのは事実である。

エネルギーは創造も破壊もできないというのが、古いパラダイムである。

エネルギーと物質の二元性の概念は、ずっと以前にアインシュタインが語ったものである。

粒子の物質的性質と波動的性質もまた展開している

あまりにも多くの基本粒子または素粒子が存在する

宇宙の究極の構成要素については、常に意見が分かれる。

シュレーディンガーの猫のような全能の猫を檻に入れることは不可能だ。

猫を檻に入れるまでは、より良い死のために、食べ、微笑み、愛し、歩こう。

私は前進し続ける

宇宙はノンストップで広がっている

私もまた、旅を続けている。

時には晴れ、時には雨

時には雷、時には嵐

しかし、私は決して立ち止まることなく、前へ前へと進んでいる；

旅はいつも平坦で容易なものではなかった。

つま先に刺さった棘は、自分で取り除いた。

川を渡る橋がないところでは

私は自分で舟を作り、川を渡った。

でも決して立ち止まることはなかった；

暗い夜には、方向がわからなくなることもあった。

しかし、蛍が進むべき道を示してくれた。

滑りやすい道で、私は何度も転んだ。

急いで立ち上がり、点滅する星を見る。

でも立ち止まることなく、先へ先へと進んだ；

歩いた距離を測ろうとはしなかった。

損得勘定をせず、常に前へ前へ。

傍観者の励ましなど期待しない

立ち止まっている人たちや、不手際をしている人たちと時間を無駄にすることはなかった。

人生には永続的なものはなく、旅こそが報酬なのだ。

神と物理の戯れ

重力、電磁気学、強い核力、弱い核力は基本である。

宇宙が静止や静止ではなく、動的である理由はそこにある。

物質、エネルギー、空間、時間、これら 4 つの次元で、創造主は遊んでいる。

未発見の次元も存在すると、科学者たちは現在述べている。

ダークエネルギーが存在する理由と、その振る舞いはまだ解明されていない。

人間の脳は同じであるが、それぞれの意識は異なる。

宇宙や神の存在にとって、意識は重要である。

量子もつれは最大速度制限に従わない

タイムトラベルや他の銀河への移動は、もつれによって可能になる

より深く、より深く進むにつれて、さらに多くの疑問が湧いてくるだろう。

物理学と神の駆け引きは実に愉快で楽しい。

かつてテレックスという機械があった

いつか新しい世代は、電話に PCO があったことを疑うだろう。

テレックスもファックスも、使ったことはあるが、今となっては驚きである。

インターネット・カフェは、私たちの目の前で、いつの間にか消えてしまった。

しかし、喫茶店の前で物乞いをしている貧乏人はまだいる。

カセットや CD プレーヤーの大きなサウンド・ボックスは、いまや家庭に捨てられている。

しかし、サウンドボックスやパブリック・アドレス・システムは、時を経ても残っている。

コミュニケーションにはインターネットやソーシャルメディアが欠かせないが

テクノロジーは常に、より良い明日のため、より良い生活のためにある。

しかし、夫婦の離婚を減らすことはできない。

現代文明の最盛期であっても、貧困と飢餓は存在する。

多くの国では、多くの人々の考え方が非合理的で人種差別的である。

物理学や科学技術には答えがない。

平和な世界のために技術を開発し、兄弟愛を向上させることが最重要課題である。

私の心

私の心は決して嫉妬することを許さなかった
冷淡になることを許さなかった
怒りや憎しみは私の好みではない
海の近くで孤独に過ごす方がいい
平和と静けさが好きだ
けんかより兄弟愛がいい
暴力からは、私はいつも遠ざかろうとしている。
真実と正直さのためなら、私は代償を払う用意がある。
堕落した人間には近づかないようにする。
私は多くの不安と緊張に苦しんでいる
環境を守るために、私には解決策がない
戦争と公害が私を憂鬱にさせる
人類の精神衛生は悪化の一途をたどっている。

もしマルチバースが真実なら

もし多元宇宙とパラレルワールドの理論が真実なら

人類が地球に存在する手がかりがある。

最先端の文明が地球を監獄として使っていたのかもしれない
。

人間は最も残酷な動物である。

善良な文明の悪い要素が地球に運ばれた。

高度な文明は、悪と邪悪の折りを取り除いた。

人間はサルと一緒にジャングルに取り残された。

道具や道具を持たずに、悪い人間は再び生活を始めた。

第一世代の死後、古い情報の崩壊が起こる。

この世に生を受けたばかりの人々は、新たな人生の問題を始めなければならない。

文明は大きく進歩したが

悪人や犯罪者の DNA が残り、人間社会は腐っていく。

高度な文明は、人類が到達することを決して許さない。

彼らは、古い先祖の悪い DNA が再び自分たちの舵取りを破壊しようとすることを知っている。

摩擦

摩擦係数とは何か？

この地球では、摩擦がなければ生命は誕生しない。

生命の誕生は、男性器と女性器の摩擦から始まる。

摩擦によって、新生児は泣きながら生まれてくる。

摩擦がなければ、火はその炎を見せることができない。

火は人類の文明ゲームを変えた

車輪は摩擦力なしには前に進めない。

高速で走る車を止めるには、摩擦が第一だ。

摩擦がなければ、ジャンボジェット機は滑走路に止まれない
。

都市を爆撃する戦闘機の離陸は遠くなる。

心の摩擦が多くの叙事詩を生む

重力と同様、摩擦もまた自然の力の基本である。

エゴの摩擦は危険で、大きな戦争につながる。

それは人類の文明を大きな危険へと向かわせる。

摩擦はその使い方によって、良いことも悪いこともある。

摩擦がなければ、地球上の生命は絶滅し、地球は誰も使うことができない。

私たちが知っていることは何もない

物理学が知っていることは氷山の一角にすぎない

物理学が知らない本当の物理学

ダークエネルギーとダークマターが実際のダイナミクスを支配している

物質、エネルギー、時間について我々が知っていることは、基本的なことにすぎない

宇宙の境界は未知であり、とらえどころがない

反物質やパラレルワールドは実在するのか？

数千年前、多元宇宙という概念が生まれた。

ビッグバンの前にも銀河があった。

物理学の進歩は非常に速いが、時間の領域では遅い。

宇宙は我々の知識よりも速い速度で膨張している。

我々は宇宙とその広大さについてほとんど何も知らない。

真実の良き日々がやってくる

光よりも速く移動できるようになるとき

人類の文明の未来は明るいだろう

何十億光年も離れた遠い惑星から

過去に何が間違っていたのか、私たちは簡単に言うことができる。

ブッダ、イエス、ムハンマドの真実の物語が明らかになる。

宗教の教科書に偽りはない

未来の真実への道は堅固であり、嘘は決して続かない。

真実の道、信頼とコミットメントを、人々は維持するだろう。

悪人と犯罪者は、世界政府が拘束する。

彼らは何十億光年も離れた刑務所に送還される。

差別化と統合

人間を差別化し続けると

サルが木の実を食べるようになる。

しかし、原始人をどんどん統合していくと

ブッダやイエスやアインシュタインが生まれる。

つまり、統合は分化よりも重要なのだ

統合とは、真理と問題解決への道である。

分化とは、後戻りし、そして破壊することである

人間の遺伝子は適者自然淘汰を知っている。

しかし、覇権を握るため、不自然な方法で勝つために、彼らは最も残酷になる。

不自然なプロセスで自然を操作することは倫理に反する。

長期的な持続可能性のためにも、自然のプロセスを早めることは気まぐれである。

イーグル・イン・スターベーション

人間の知能のせいで、動物界は苦しんでいる

人工知能はブーメランとなり、フランケンシュタインを生み出す可能性がある。

人間は、より良い生活を求めて、自ら作り出したものの奴隷になる可能性がある。

人工知能を搭載したロボットは危険なナイフになりうる

カメのように 300 年も生きたら、人間はどうなるだろうか？

自然破壊や不要な騒音が増えるだろう。

デジタルの仮想世界で、ただ食事をして時間をつぶすことに意味はない。

信号としてネット上のデジタルデータとして死んで生きる方がいい。

どこかの先進文明がその信号を捕らえ、解読すれば

その研究開発のために、私たちの脳のデータが使われるかもしれない。

遺伝子工学は人工知能と同じくらい危険かもしれない。

covid19 よりも大きな災害は、ちょっとした過失で人類を絶滅させる可能性がある。

しかし、人間の脳と心は、その状況に直面せずには止まらない。

人間の心と脳は、飢餓の中で鷲のように飛ぶ傾向がある。

年を重ねるごとに

人生の旅路の中で、私たちは年を重ね、老いていく。

人生のフォルダからいろいろなものを消す必要がある。

人生の旅は最高の教師であり、私たちをより賢くしてくれる
。

しかし、不必要な荷物を背負うと、肩が弱くなる

過去の情報の大部分には価値がない。

だから、消去して心をリフレッシュしたほうがいい。

変化するシナリオの中で、私たちは新しいものを見つけなければならない。

批判するよりも、人々に親切であるべきだ。

私たちは日々、死に向かって進んでいる。

論争に時間とエネルギーを費やすのは無駄でしかない。

経験を通じて知恵を学ばなければ

死の間際には、不毛の王国を去ることになる。

人生の現実と旅路の不確かさに早く気づけば

私たちは不必要な争いや大会の心配を避けることができる。

老いてこそ、笑顔と笑顔が大切だ。

多くの新しい可能性、笑顔が簡単に広がる。

そうでなければ、私たちの物語は忘れ去られ、語られないままになってしまう。

年老いた賢者は皆、過去も未来もないことを悟っている。

そのことに早く気づいた者は、人生の不本意な拷問を避けることができる。

人為的な分裂は忘れよう

私たちが孤独な惑星に住んでいるか、多元宇宙に住んでいるかは重要ではない

数十億年の間にこの惑星に生命が誕生し、繁栄した。

文明が到来し、文明は自らの過ちのために消滅した。

しかし今、地球温暖化のために、地球全体が苦境に陥っている。

至高の動物がすぐにそれに気づかない限り、すべてが崩壊するだろう。

正確な進路と運命の日は誰にも予測できないが

私たちが心から感じ、行動しなければ、すぐにホロコーストが起こるだろう。

多元宇宙の惑星を探索するのと同時に、山火事を鎮火することも重要だ。

環境崩壊が急速に進めば、テクノロジーは無力になる

遠い地平線を見つめながら、人類は最も近い視野を失ってはならない。

地球を救うには、人為的な分断を忘れ、積極的に行動せよ

。

クラウド・コンピューティングが彼を見えなくした

量子コンピューターによるクラウド・コンピューティング

それでも同じ地元の業者が配達

老朽化した配送車でやってきた

ポータルサイトからプリペイドの材料を取ってくる。

以前は、スマートではない携帯電話を使って彼に電話をかけていた。

私たちが注文すると、おはようございますと笑顔で、彼は始めた。

彼はペンと鉛筆で品物のリストを書いていた。

混乱があれば、すぐに電話をかけてきて訂正してくれた。

今や彼は、クラウド会社の単なる取り扱い・配送代行業者である。

顧客とのコミュニケーションと調和を失った

テクノロジーによって、彼は単なるロボットのような配送マシンになった。

古くからの顧客や訪問者にとって、彼は目に見えないリンクでしかない。

我々はバーチャルだ

聞こえはいいが、私たちは現実ではなく、バーチャルなものだ

私たちが見るもの、感じるもの、聞くものはすべて3次元のホログラムである。

種と精子には情報とデータだけが保存されている。

すべては量子粒子によってプログラムされている。

私たちの感覚は、陽子や中性子や電子を見るようにはプログラムされていない。

私たちの臓器は、空気やバクテリアやウイルスを見るようにはプログラムされていない。

臓器を通して感じることができないものは、バーチャルな存在なのだ。

無限の宇宙では、われわれもまた現実ではなく、仮想の存在なのだ。

ホログラムは完璧にプログラムされているので、私たちは自分が実在すると思っている。

だから、未知のプレーヤーとバーチャルなゲームをするときにも感じるのだ。

私たちの人生のバーチャルな現実は、私たちにとって実際の現実なのだ。

ホログラムに付与された限られた知性は正確である。

人間の知性が宇宙を解き放つには、何十億年もかかるだろう。

そのころには、宇宙は逆の旅を始めているかもしれない。

生命の意識

生命の意識は、DNA、教育、信念、経験の組み合わせである。

人間の意識は、人間に高い知性と探究心を与える。

動物界は、生き残るために同じレベルの知性と活動で立ち往生している。

バクテリアやウイルスによる病気から動物を救うために、人間が活動している。

動物は病気や死という自然現象に対してより脆弱である。

自然免疫と増殖によってのみ、動物種は生き残る。

一度地球上から絶滅した種が自動的に復活したことはない。

人類がどのようにして、なぜ高い意識を持つようになったのか、誰も知らない。

教育、訓練、探究心によって人類の文明は進歩した。

アリやミツバチは5千年前と変わらない。

しかし、彼らの規律、献身、社会的誠実さを人間は見習おうとする。

生きとし生けるものの意識はそれぞれ異なり、ユニークである。

この生き物の多様性は、量子もつれによって統合されるかもしれない。

宗教では、すべてのものは神と絡み合っていると考えられている。

エンタングルメントを超意識の一部として受け入れるには、科学は気が進まない。

猫は生きて帰ってきた

猫は生きて箱から出てきた

その場にいた科学者たちは拍手し続けた

あまりの拍手の多さに、猫は突然姿を消した。

猫と放射性物質の半減期が猫を救った

不確定性原理が生命を救うために働いたことは間違いない。

神が猫の命を救う確率は半々である。

それ自体がハイゼンベルクの不確定性原理でもある。

スティーヴン・ホーキング博士は、神は世界を創造する役割を担っていないかもしれないと言っている。

しかし、人生や出来事の不確実性のために、神の存在、人間の心は展開する。

猫を檻に入れ、その将来を完璧に予測しない限り

科学は神と自然の不確実性を閉じ込めることはできないだろう。

大きな壁

集中は生存のための基本的本能
猟師は集中力がなければ獲物を仕留めることはできない。
クリケット選手はボールとバットに集中する。
サッカー選手はボールとネットに集中する
日常生活において、集中することは難しいことではない。
その技術を習得した者は、上達が早い
若い男の子は、美しい女の子に集中するのは簡単だ。
しかし、微分方程式を導くのは難しい。
数学を極めるには、集中することである。
集中は太陽光を集中させ、紙に火をつけることができる。
練習すれば集中力は完璧になり、結果的に賢くなる
人生において、集中できないことは大きな障壁である。

人生はバラのベッドではないが、陽光はある

私たちは夢を見、希望を抱き、人生がバラの花壇であることを期待する。

私たちが進む道は平坦で黄金色であるべきだ。

しかし、現実はまったく違っていて、複雑で、幻想的だ。

私たちの存在は、原子の不安定さによるものだ。

分子になるには、瞬間ごとに結合する

私たちの人生には不確実性がつきまとう。

バラのベッドはおとぎ話の中でしかありえない。

私たちの人生は、でこぼこ道を進まざるを得ない。

最も不適切なタイミングで赤信号が灯るかもしれない。

私たちが急ごうとすれば、未知の力がそれを押しつける。

不確実な人生にも、太陽はある。

人生の旅はチャンスに満ちている。

スプリーム・アニマル

パラレルワールドでの生活はどうなるのか？

人類がテレポーテーションをしない限り、完璧な解決策はない。

マレーシア航空機が行方不明になっているが、その正確な位置はまだわかっていない。

太陽系外惑星を訪問することなく、正確な生命形態について語ることは正しくない。

科学者が何を言おうと、我々が訪問するまでは催眠術のままである。

彼らの生活や管理する物理的なものには、異なる領域があるかもしれない。

もちろん、彼らは頭の上を歩いたり、お尻の穴から食べたりはしないかもしれない。

しかし、近くから観察しなければ、その実態は明らかにならない。

パラレルワールドの先行生物たちは、液体の下で暮らしているのかもしれない。

童話に出てくる人魚のような生命体が、そこを支配しているのかもしれない。

信号を通して地球のすべてを知るチャンスはめったにない。

無限の宇宙の隅々まで探検しない限り

人類が宇宙の支配者だと主張するのは、苔のような仮説だ。

科学者たちへ

宇宙は美しく織り成され、完璧である

生と死はその美しいサイクルの一部である。

遺伝子操作で人間を不老不死にするな

人類はすでに地球の生態系バランスを破壊している。

生物の生物多様性は切っても切り離せない部分である。

何十億年という歳月が流れ、非常にゆっくりとした進化を遂げてきた。

恐竜の絶滅やその他多くの絶滅を経て

人類は孤独な惑星で繁栄している

遺伝学や人工知能による不老不死の前に

癌や遺伝病の治療の方が重要である。

数千年前、賢人たちは不老不死を試みた。

しかし、その危険性と無益さに気づき、不老不死を断念した。

もし人間が不死になったら、他の生命はどうなるのか？

ペットの死で頻繁に起こるトラウマも、同じように苦痛を伴うだろう。

長い目で見れば、心を入れ替えなければ、不老不死は有害である。

人間の感情と量子物理学

愛と信仰は論理に従わない

人間にとってどちらも基本

私たちの生活の中で、音楽は非常に重要である

感覚は遺伝子によってもたらされる。

しかし、生命にとって原子の組み合わせは有機的なものである。

基本粒子が実際に基本的かどうかは議論の余地がある

超ひも理論によれば、振動が実際の形である。

量子もつれは実に不気味なものである。

量子力学がもたらす新たな可能性

しかし、人間の感情や意識は、さまざまに変化する。

独創性と意識はどうなるのか？

この世界では、私には何の目的も理由もないのかもしれない
。

バーチャルな牢獄の中で、シミュレートされた人生を生きているのかもしれない。

しかし、私には私自身の意識とオリジナリティがある

すでに人工知能は私の思考プロセスを侵害している。

私の思考の独創性には、停滞と後退がある。

もし私の知性と意識が従属的になれば

私は意識の座標としての地位を失うだろう

目的のない、方向性のない惑星での生活に、すでにうんざりしている。

科学も哲学も、私たちが何のために来たのかを説明できない
。

恣意的なビジョン、使命、目的、そう考えるしかない。

人工知能と不老不死によって、これらもまた無駄になるだろう。

生命がもろいままでなくなったら、生命の定義がどうなるかはわからない。

宇宙の膨張が終わるとき

宇宙の膨張は無限に続くのだろうか？

それとも、ある日突然、宇宙の膨張は止まるのだろうか？

時間は前進を失い、停止するのか。

それとも、勢い余って逆方向に逆戻りするのか。

人類にとって、地球という惑星での生活はどれほど面白いものになるだろうか。

人々は火葬場で老人として生まれる。

火の中から、家族や友人たちに迎えられる。

墓地は悲しみの場所ではなく、祝いの場所になる。

老人は徐々に若返り

そしてまたいつか、精子となり、母の胎内で永遠に消え去る。

すべての惑星と星が再び融合し、特異点となる。

しかしそのとき、物理学も、細かいことを説明する時間もなくなるだろう。

リエンジニアリング

自然は継続的なエンジニアリングとリエンジニアリングを行う

これは、創造と自然に組み込まれたプロセスである。

進化の過程においても、より良い種を作るためには、それは不可欠なことである。

リエンジニアリングなしには、最高の製品は生まれない。

つまり、進歩し、最高のものを開発するためには、リエンジニアリングが不可欠なのだ。

人間の脳もまた、思考プロセスにおいて絶えずリエンジニアリングを行っている。

私たちは学び、学び直し、真実が確立されればまた学び直す。

最高のものを生み出すまで、あるいは真実を見つけるまで、リエンジニアリングは続く。

こうして自然は最高の動的均衡を達成する。

リエンジニアリングと進化は振り子のように連続的である。

ヒッグス粒子、神の粒子

ヒッグス粒子が発見されたとき、科学者たちは興奮しすぎた

しかし、この世界では神とその使者はそのままであった。

神と預言者たちに対して、人々は無限の信仰と信頼を寄せている；

基本的な粒子は、太古の昔からその場所にあった。

だから、ヒッグス粒子が発見されようとも、信者にとっては何もかも同じなのだ。

世界大戦や長崎原爆投下も、信者は神の永遠のゲームだと考えている。

不信心者は、神がいようがいまいが、原爆は炎を生み出したと主張する。

世界大戦と破壊については、人間のエゴと態度に責任がある。

信者たちは、世界各地で神に多くの名前をつけてきた。

しかし、ヒッグス粒子はただ一つの名前しか持たず、科学者たちはそれを明らかにした。

老人と量子もつれ

神に感謝する粒子、それはワニでもゴジラでもアナコンダでもなく魚だった。

量子確率と量子もつれの法則に従えば可能だったはずだ。

不確定性原理は、老人を胃の中に閉じ込めただろう。

彼のボートは不確実性の中で生き残るには小さすぎ、壊れやすすぎた。

ヘミングウェイの小説は魚であり、彼の創造性が評価されて受賞した。

しかし、不確定性と量子もつれが、受賞者を死に追いやった。

神の粒子が発見された後でも、この惑星では死が究極の真実である。

重力や相対性理論すら知らないまま、いくつかの文明は消滅した。

人々は今、エンタングルメントを知らずに、黙々と量子ガジェットを使っている。

知識レベル、知っているか知らないかが文明の分かれ目である。

中途半端な知識とバイオインテリジェンスは、人類を破滅に向かわせる。

人々は何をするか？

地球上に 80 億人以上のホモ・サピエンスが必要なのだろうか？

すでに第三世界の国々は半識字者で過密状態だ。

アジアの都市では、誰も快適に歩いたり、自転車に乗ったり、車を運転したり、移動したりすることができない。

持てる者と持たざる者の格差は日に日に拡大している。

宗教の名の下に、若い労働力を生み出し、避妊もしない。

失業と失望と不満が渦巻いている。

デジタル格差が、非人間的な生活を強いる。

恵まれない人々にとって、人生とは運命であり、神に慈悲を祈ることである。

絶望的な若者の自殺の増加はピークに達している。

人工知能によって、私たちはますます仕事をなくしている。

農業においても、人々はより良い未来への希望を徐々に失っている。

怠け者や失業者が世の中で何をするか、それは不公平ではない。

時空間

時間は相対的なものであり、すでに確立された事実であり現実である。

空間は無限であり、宇宙は何の抵抗もなく膨張している。

時空の関係では、重力も重要である、

光速は時間の障壁であり、その速度では時間は止まってしまうかもしれない。

時空間、物質-エネルギー、重力-電磁気の概念全体が脱線する可能性がある、

ニュートンからアインシュタインへと、物理学の研究は大きく飛躍した。

量子もつれは、今や多くの基本を変えてしまう、

タイムトラベルやテレポーテーションは、もはやSFの話ではない。

人工知能は近い将来、新たな方向性をもってこれらの実現に乗り出すだろう

人々は休暇中にタイムトラベルでイエスやブッダに会えるかもしれない。

不安定な宇宙

ビッグバン後、素粒子は攪拌される

爆発によるエネルギーが充満し、励起される。

素粒子は不安定で、長くは生きられない。

そこで、陽子、中性子、電子が結合してできた。

一緒になって、原子のミニ太陽系を作り、安定するようになった。

しかし、安定した状態を維持するために、新しくできた原子のほとんどは不安定だった。

原子はさまざまな割合で結合し、分子となった。

そうして太陽系は動的に安定した。

原子が生体分子を形成するのに何百万年もかかった。

炭素、水素、酸素、窒素、鉄が生物学的生命を可能にした。

それでも、私たちが実際には原子の組み合わせなのか、振動する波動なのかは定かではない。

基本粒子は、実際には神の糸の振動なのかもしれない。

相対性理論

相対性理論は、銀河が誕生したときの自然の性質である。

ビッグバン以前も、それ以後も、相対性は常に存在していた
。

宇宙や現実に絶対的で不変なものはない。

科学、哲学、心理学の理論は時に矛盾する。

現実と相対性が存在するためには、観測者が重要である。

相対性理論は、古くから非数学的な形で知られていた

手を触れずに直線を短くする話は若くない

宗教書や哲学は、相対性理論をさまざまに説明した

アインシュタインは、それを人類と科学のために、数式と数学で説明した。

生、死、現在、過去、未来はすべて相対的なものであり、人間の本能が知っているものである。

人間の脳と文明にとっての相対性の概念は、基本的な要素である。

時間とは何か

時間とは、人間の生活の中に本当に存在するのだろうか？

それとも、現実を理解するための人間の脳の錯覚に過ぎないのだろうか？

光速で進む時間の矢は存在するのか？

それとも、過去、現在、未来は存在を説明するための概念に過ぎないのだろうか？

宇宙には一様な時間は存在せず、あらゆる場所で時間は相対的である。

物質とエネルギーは、真の意味で顕在化した現実でしかない。

時間、魂、神の存在には常に疑問がある。

時間の測定は、長さや重さの単位のように恣意的なものかもしれない。

過去から現在、そして未来へと続く時間の矢印は、正しいとは限らない。

時間は、物質とエネルギーの変換、成長と崩壊を測定するための単位にすぎないかもしれない。

時間とは何か、それを確認することは、学識ある科学者であってもできない。

大きく考える

人は、大きく考えよう、大きく考えよう、そうすれば大きくなれる、と言う。

しかし、大きく、大きく、大きく考えているうちに、私は驚くほど小さくなってしまう。

相対論的な世界では、私の存在は取るに足らないものになる。

私の地元では、私は取るに足らない存在なのだ。

私の町、私の地区、私の州、そして私の国では、取るに足らないことが増えていく。

世界レベルで見れば、私の存在など無に等しい。

太陽系、銀河系、天の川、宇宙の中で、私が何であるか、答えはない。

唯一の現実は、私が生きていて、今日、家族と一緒に家に存在しているということだ。

世界にとっても人類にとっても、何の価値も、何の意義も、何の必然性もない。

人生という名の一方向的で無益な旅を、私は私なりに見つけなければならない。

私が旅を終えたとき、人々は私の体の上を移動し続けるだろう。

80億人の中で、私たちはとても小さく、目に見えない。

自然は自らの進化の過程で代償を払った

自然は進化の過程で大きな代償を払った

ホモ・サピエンスが出現するまで、動物にとって幻想は何もなかった。

木々や生物界は、何の解決策も探すことなく幸せに暮らしていた。

十分な食べ物、おいしい水、空気を得ることが彼らの満足だった。

生態学的なバランスは、そのプロセスにおいて発言力を持ち、金銭的な取引はない；

進化の過程に人間が登場したことで、すべてが変わった。

自然は、その核心を維持し、バランスをとるために、一瞬一瞬奮闘しなければならない。

人間は丘、川、湾、浜辺、海岸線を快適さのために変えた。

しかし、母なる自然の進化のバランスを保つために、決してサポートはしない。

文明と進歩の名の下に、人間は自然のすべてを歪めてしまった。

アースデイ

地球が美しいのは、炭素と水素と酸素でできているからではない。

自然の進化と知性の賜物なのだ。

小さな原子から生命が誕生したことは、いまだに大きな謎である。

生命が銀河系のこの惑星だけの現象なのか、それとも他の場所からこの惑星に生命がやってきたのか、誰にもわからない。

あるいは、生命は他の場所からこの惑星に遺伝的にやってきたのか。

生命の美しさは、その多様性と生態系にある。

人間による脆弱なバランスの破壊は、目に見えるものであり、めったなことではない。

人類は、知性によって、地球は自分たちの領分だと考えている。

他の種と共存するために、ホモ・サピエンスは知恵を持っていない。

地球の日を数時間祝うことは、人間の目の保養であり、無作為の行動である。

世界本の日

印刷機は画期的な発明だった

コンピューター、スマートフォン、インターネットと並ぶ大発明

印刷機は知識の普及を通じて文明の流れを変えた

本は現代のインターネットのようなキャリアだった

書籍は、太陽光線のように知識を広める上で重要な役割を果たした；

新しい技術によって、本には大きな圧力がかかっている。

しかし、本はあらゆるオーディオ・ビジュアル・メディアの猛攻撃に耐えている。

21 世紀においても、本は財産である。

デジタル・フォーマットと人工知能によって、本の重要性は下がるかもしれない。

しかし、文明と知識の進歩の中で、本はその地位を保つだろう。

移り変わりの中で幸せになろう

太陽が暗くなり、核融合が永遠に終わるとき

人工知能が地球で何をするか

彼らの崩壊と没落も自動的に始まる

太陽エネルギーなしで、AI 生物はどうやってバッテリーを充電するのだろうか？

わずかな充電を得るために、彼らは街頭犬のように走り、空腹になるだろう。

人類は、太陽が暗くなるずっと前に絶滅するかもしれない。

AI 生物は一人で、この現象に立ち向かわなければならない；

太陽が暗くなる前に、大きな小惑星が地球に衝突すれば

人類、AI、そしてすべての生き物が一緒になって滅亡する。

小惑星が地球に衝突した後、AI 生物が生き残れるかどうかもわからない。

自然の摂理によって、再び自然が蘇る。

新しい生物は、進化を通じて再び現れるだろう。

より良い新世界のために、それが自然の最善の解決策であることは間違いない。

このようなことが起こるまで、移行期を楽しみ、幸せに過ごそう。

オブザーバーが重要

量子もつれでは観察者が最も重要である

二重スリットの実験は、電子が観測されると異なる振る舞いをすることを示した

相対論的、量子論的な世界では、観察者なしでは事象の意味はない。

だから、観察者であり、存在と現実を感じるのだ。

樹木を食べる昆虫も、種も同じである。

私の意識がなければ、宇宙が存在するかどうかは重要ではない

意識のない人間は、たとえ生きていても、意味のあることは何もできない。

量子もつれの理由は、今のところ科学者にも説明できない。

しかし、宇宙と宇宙のすべては、目に見えない連鎖によって絡み合っている。

重力、電磁気学、核力、物質エネルギーの統一は、神の頭脳かもしれない。

十分な時間

イエス、ソロモン王、アレキサンダーには十分な時間があった

彼らはその間に多くのことを成し遂げ、足跡を残した。

ほとんどの人は、競争に忙殺され、時間がない。

自分は不死身で、将来大きなことを成し遂げるだろうと思っている人もいる。

無限の時間が特殊なものであることを知っている人は、ごくわずかである。

科学もまた、時間とは何なのか、本当に動いているのか、不可解なことがある。

あるいは、それは重力のようなもので、別の次元を流れるものではないのだ。

空間、時間、物質、エネルギーはすべて重要だが、時間は自由である。

しかし、都会で小さなアパートを買うには、高額な手数料を支払わなければならない。

ヴィヴェーカナンダやモーツァルト、ラマヌジャンやブルース・リーになる時間はすでにある。

孤独はいつも悪いわけではない

孤独の中で深く考えることもある
心を清潔に保つことに集中できる
人ごみにいると、心が眠くなる。
しかし、孤独が怠惰をもたらすこともある。
視界が霞む人もいる；
孤独を内観の道具として使う
孤独は瞑想にも必要だ。
集中すれば、悩みの解決につながる。
一人でいるときは、薬や鎮静剤を使わないこと。
むしろ友人と出かける方が良い薬になる。
孤独を集中力と新たな方向性のために利用しよう。

私対人工知能

私が知っていることは、すべて私の基本的な知識ではない

私はアルファベットも数字も発明していない。

私が知っている言語は、私の脳の機能によって生み出されたものではない。

火や車輪やコンピューターも私の発明ではない。

私が身につけたものは、すべて他者からもたらされたものだ。

人付き合いも、父や母や親戚から受け継いだものだ。

私の脳は、コンピュータのハードディスクのように情報を保存しているだけだ。

私とAIの知識の間には、カミソリのような薄い違いしかない。

唯一の違いは、私の意識と独創性である。

そして、私がポジティブであり続けることによって集めた知恵である。

倫理的な質問

進歩のあらゆる岐路で、私たちは常に倫理的な問題を提起してきた。

中絶であれ、試験管ベビーであれ、新しい生命の道化であれ
。

些細な理由で戦争で人間を殺すことに倫理的な問題はなかった。

宗教の名のもとに何千人もの人々を虐殺することに倫理的な問題はなかった。

しかし、画期的な科学技術の発展には倫理がつきまとう。

その矛盾と非倫理的な行為のために、すべての宗教は愚かである。

コンピューター、ロボット、インターネットは労働力を脅かすものと考えられていた。

しかし最終的に、これらはすべて、より迅速な発展と効率化のための道具となった。

遺伝子操作による人工知能と不老不死が今問われている

二、三十年経てば、誰もが人工知能は不健全ではないと言うだろう。

分からない

なぜ動いているのかわからないまま、私はどんどん速く動いている。

自分が刻一刻と老いていき、日に日に死んでいくことだけは知っている。

自分がどこから来て、どこへ行こうとしているのかもわからない。

ブラックボックスの中で、私は限られた知識と情報を持っている。

ブラックボックスの外では、実際に何が起きているのか誰も知らない。

科学にも宗教にも、決定的な証拠はない。

しかし、人生の基本的な本能が、私をどんどん速く進ませる。

事前の指示なしに、旅はいつ止まるかもしれない。

あるいは、70 年、80 年、100 年と旅を続けなければならないかもしれない。

しかし最後には、孤独な墓地で旅は終わるだろう。

私は知っている、私はラットレースでベストだった

知っている。私は最高のスイマーだった。

何百万人の中で、私は最も強く、最もパワフルだった。

だから今日、レースをしている人々の尺度では、私は成功者なのだ。

ラットレースは、私がこの世に光を見出す前に始まっていた。

だから、ラットレースは一般的に人間に組み込まれているのだ。

ラットレースから抜け出した人間は、大胆なことを考えない。

ラットレースの勝者のサクセスストーリーを、人々は誇らしげに語る。

しかし、ブッダやイエスのような話はほとんどない。

だから彼らは別格の超人なのだ。

彼らは人類の救世主であり、ラットレースの大衆にとっての救世主なのだ。

未来を創造する

誰も私の未来を作ってはくれない
私は今日、仕事とともにそれを創造しなければならない
未来は不確かで予測不可能だが
明日のベースを作るのは簡単だ
使命と目標のために今日一生懸命働けば
明日はもっと多くのチャンスとともにやってくる
明後日は常に継続が必要だ
自助努力はバーチャルではない。
未来が来れば、それが現実だと感じるだろう。
だから、今日、楽しく、熱意をもって未来を創造しよう。

無視された次元

生物として、私たちは光、音、熱に関心がある。

電磁気学、重力、強い核力、弱い核力にはあまり関心がない
。

エネルギー源である太陽を崇拝する。

川や雨の神を崇拝し、物質の重要性を示す。

しかし、あらゆる次元の中で、空間と時間は平坦なままである。

基本的な 4 つの力は、原始人の理解を超えていた。

そうでなければ、彼らの崇拝と祈りは適切で、より良いものであっただろう

ほとんどの文化には、物質とエネルギーの神と女神がいる。

しかし、最も重要な次元である空間と時間に関する神や女神は存在しない。

生きとし生けるものの存在にとって、この 2 つの次元が重要であるにもかかわらず。

私たちは忘れない

私たちは人生で起きた悪い出来事をすべて覚えている
この点で、人間は優秀で専門家である。
私たちの良い資質や美徳に気づく人はほとんどいない。
私たち自身でさえ、良い記憶を忘れている
記憶というものは、昔の悲劇を思い出すことに忙殺される。
人はまた、嫉妬から他人を評価しない。
だから、成功した隣人から知り、学ぶことに好奇心はない。
しかし、他人の失敗を喜ぶようになった。
悪いニュースはすぐに、そして喜んで人々に広まった。
他人の資質を噂する人を見たことがない。
人の心は常に過去の不一致を持ち帰る傾向がある。
嫌なこと、嫌な思い出を手放すのは難しい作業だ。
幸せと平和と成功のためには、悪い思い出を消さなければならない。

自由意志

意識して自由意志で行動しても

結果や成果は不確実であり、望んだ通りにならないかもしれない。

だからこそ、ヒンズー教では「仕事の成果を期待するな」と言うのだ。

ただ、自由意志で、献身的に、効率的に行うのだ。

特定の結果を期待すると、自由意志による決意が希薄になる；

木を植える前に、実を求める誘惑があるかもしれない。

しかし、植えようとする意志と願望は、意識的で自由でなければならない。

苗木を破壊するかもしれない暴風雨のことを考えすぎると、
自分の不確かな人生を考えることになる。

自分の不確かな人生を考えると、掘るのをやめようとする。

自由意志もまた、隠れている不確実性に支配されている。

それを運命と呼ぶこともあれば、宿命と呼ぶこともある。

しかし、行動も仕事もせず、敗北を確実に受け入れる。

明日は希望にすぎない

明日のことは誰にもわからない

もし生きていなければ、悲しみを表す顔はほとんどないだろう。

安らかに眠ってくださいと言う人もいる。

自分の血以外は、誰も見逃さない

人生の現実はとても単純明快だ。

死と別れを恐れることはない

人生の最後の贈り物は富ではなく、死である。

ある日、私の友人や知人はみな死ぬだろう。

彼らを永遠に救おうとしても、それは無駄なことだ。

誕生の時、真実を知った子供は泣く。

イベント・ホライズンにおける誕生と死

私の誕生日は、銀河について語るのではなく、世界の出来事ではない。

ブッダ、イエス、ムハンマドでさえ、誕生時の出来事ではなかった。

私の死も、私の誕生と同じように取るに足らないものになるだろう

アッサムもインドもアジアも止まらないし、アメリカも減速しない。

ダイアナ妃と英国王室の死によって、世界はいつものように動き出す。

私の誕生を悔やむことも、死を悔やむこともない。

大海の潮のように、私たちはやって来て、しばらくすると去って行く。

軌跡、足跡は愛する者の心の中にしか残らない。

その観測者もまた旅立ち、事象の地平線には存在しない。

量子力学やパラレルワールドが、人生をよりよく表現してくれると期待しないでほしい。

究極のゲーム

ビッグバンの最も大きな音と最も明るい光を聞いた。

それは新しい生命の始まりであり、泣き叫ぶ子供の誕生だった

二重スリットの実験で証明されたように、観測者は重要である。

観測者の存在なくして、新生児にとってビッグバンは存在しない。

新生児の誕生は、母親にとってのビッグバンと同じくらい重要である。

子どもは人間の父親である」という言葉は、むしろどこでも一般的である。

ビッグバンは、観測者がいなければ説明されることはなかった。

すべての理論や仮説には、観測する父親がいなければならない。

物質のエネルギー変換とその逆は、ホモ・サピエンスが誕生する前から始まっていた。

ある形から別の形への変換は、自然の究極のゲームである。

時間、不思議な幻想

過去と未来は常に幻想である
過去は時間の希釈にすぎない
未来は時間の予想に過ぎない
現在とは、解決するためだけにある
私たちが行動しなければ、それは予告なしに消えてしまう；
過去に目を向けると、時間には勢いがない。
過去の領域と歴史はとても広大だが
私たちは未来を見ることができない。
今この瞬間は、私たちの手の中にしかない。
過去、現在、未来は、粒子量子を通して観察される。

神は自己の意志に逆らわない

国家や宗教の名において殺すことは、犯罪や罪とはみなされない

では、宗教の名のもとに自己を殺すことがどうして悪いと言えるのか。

自殺する人が罪深いという証拠はない。

苦痛や惨めさから解放されるためには、自殺は有益かもしれない。

イエスが十字架につけられたとき、彼は無知な人々のために祈った。

この世を去れば、苦しみや不幸から逃れられる。

死後、死者にとってこの世は重要ではない

ただ時々、親しい人が悲しむことがある。

自衛のための殺人が犯罪とみなされないなら

苦痛や惨めさから身を守るための殺人は問題ないはずだ。

便宜上、別の物差しで死を測ることはできない。

成熟した成人が自分の意志で死ぬのであれば、神に抵抗する理由はない。

良いことも悪いことも

必要は発明の母

発明には注意がつきもの

ウォーキングとランニングは健康に良い

スポーツジムを通じ、富を生み出している人々がいる。

自転車は、より速く移動するために文明にもたらされた。

人々は二輪で動くことに驚いた

短期間のうちに、自転車は不思議なものではなくなった。

19 世紀には、自転車を持っていることが誇りだった。

今では、自転車は貧乏人の乗り物と考えられている。

自動車やオートバイが自転車を後景に追いやった。

しかし、健康的な乗り物としての自転車の地位は、今でも健在だ。

無燃料、無公害、駐車スペース不要。

混雑した場所では、自転車が再び奨励されるようになった。

二酸化炭素排出量ゼロの自転車は、人類にとって偉大な発明である。

自転車の利用が増えれば、大気の質が改善される。

プラスチックは軽量で壊れにくいという利点がある。

しかし自然界では、プラスチックやポリテンは生分解されない。

ポリテンとプラスチックは自然の水域を悲惨なものにしている。

海獣の胃の中からポリテンが発見されるのは恐ろしいことだ
。

ガラスは良いが、壊れやすく、持ち運びにかさばる。

そのため、プラスチックは簡単に話を盗んでしまう

ファストフードはまずいが、ポリエチレンがなければ動けない。

プラスチックがなければ、飛行機や自動車産業は立ち行かなくなる。

Covid19 時代、ポリテンとプラスチックは安価な手袋を提供してくれた。

そうでなければ、死は別の記録に触れていただろう

あらゆる発明や発見には、良い面と悪い面がある。

慎重なアプローチと最適な使用は避けて通れない。

人々が評価するカテゴリーは限られている

歌が下手では、誰もあなたを認めない。

俳優やパフォーミング・アーティストでなければ、あなたの名前は知られない。

政治家でなければ、人々はあなたの良い意見に耳を傾けない。

マジシャンであれば、会いに行ってくれる人もいるだろう。

たとえ神や宗教の名の下に人々を騙したとしても、あなたは偉大である。

賭けた努力と誠実さは評価されない。

サッカーやクリケットが上手ければ評価される。

優れた作家や詩人であっても、一部の勉強熱心な人が覚えているだけだ。

たとえ一生を人のために費やしたとしても、それはほとんど重要ではない

働き者のミツバチの巣のように、いつかは死ぬのだから。

時には、人生のパートナーにさえ覚えてもらえないかもしれない。

より良い明日のために

テクノロジーは常に、より良い明日と未来のためにある

宗教とともに、テクノロジーもまた文化を形成する

宗教、文化、テクノロジー、経済は今やコロイド状混合物である。

テクノロジーがなければ、文明の構造は弱すぎる。

人類の進歩はそれ以上進むことができないだろう。

しかし、テクノロジーは常に諸刃の剣である。

ある文章は、私たちがその言葉を解釈するとき、良い意味にも悪い意味にも二重の意味を持つ。

銃、ダイナマイト、核爆弾はテクノロジーが危険であることを証明した。

支配者や王たちは、常にそれらを悪用し、激怒した。

合理性と知恵、人間はテクノロジーの扱い方を学ばなければならない。

しかし、これまで人間のDNAはエゴと喧嘩のメンタリティーを獲得してきた。

エゴ、嫉妬、貪欲を満たすためにテクノロジーを使えば、文明は完全に破壊される。

人工知能と自然知能の融合

人工知能と生物学的知能の融合は危険かもしれない

人類にとって、将来AIが意識を獲得することは、深刻な結果をもたらすかもしれない。

生物多様性のための自然知能の保存は貴重である

人工知能と自然知能の融合は、進化の道を変えるだろう。

破壊のプロセスは加速し、解決策はなくなる；

人工知能は戦争や暴力、不平等を根絶することはできない。

むしろ融合の過程で、人工知能はあらゆる悪い性質を身につけるだろう。

嫉妬、憎悪、エゴ、否定的な態度を持つロボットは貴重ではない。

異なるクローンAI間の争いの最終的な結果は明らかである。

覇権をめぐって核爆弾の使用が当たり前になるかもしれない。

法的能力による人工知能と自然知能の融合をやめてほしい。

イン・ア・ディファレント・プラネット

あなたの人生は60歳で始まるが、別の惑星で

あなたに向かって、家族の磁石は弱くなる。

引力が強くなり、高く跳べなくなる。

走ると、すぐに喉がカラカラになる

木に登ってリンゴを摘み取るために、あなたはしようとすべきではない

磁力が弱くなるため、必要なエネルギーは少なくなる。

だから、食べ物の摂取量や高カロリーの材料が減る。

耳輪や鼻輪をした若い男の子に会うと

古き良き青春の日々を思い出し

誰もあなたの知恵やいい話を聞こうとはしない。

ノートに甘い思い出を書き始める

あなたのフェイスブックのプロフィールは、あなたの友人によってのみ訪問される。

あなたと同じように、彼らもまた同じ傾向に直面しているからです。

あなたの住む惑星は、60歳を過ぎると違うものになる。

二十歳のころの人生とは比較にならない。

破壊的本能

乞食の頃から、人間の心は破壊本能に満ちていた。

近隣の氏族や部族を破壊し、殺すことは生存のための戦術であった。

侵略軍は常に破壊を最大化しようとした

敗者はやがて餓死する。

戦争、殺戮、奴隷制度は人類文明の一部であり、一部であった；

隣人より強くなることは、今でもよくあることだ。

優越コンプレックスのエゴは、常に戦争の毒を放つ。

人類の頭脳はAIを生み出すほどに進歩したが

破壊的なメンタリティにノーと言えないままだ。

同じメンタリティで、いつかAIを作ろうとするだろう。

人類の文明は、永遠に、この惑星から滅びるだろう。

太った人は若くして死ぬ

相撲取りが長生きできないのは、体が大きいからだ。

大きな星も重いのであまり長くは生きられない。

星は自らの重力で内側に引っ張られて崩壊する。

重力崩壊によって星間物質が核融合を起こす。

宇宙は幻想に過ぎないと言う科学者もいる。

なぜ、何のために生物が誕生したのか、その答えはない。

神の粒子や神の方程式はまだ遠い夢である。

仮に神が存在するとしても、その神を見つけるのは非常に難しい。

私たちの存在は、何かのために来たのか、それとも何もないのか、単なる確率でしかない。

良いことは、基本的な力は偏見を持たないということだ。

マルチタスクは治療法ではない

スマートフォンは多くの活動ができるが、生き物ではない

木は光合成というたった一つのことしかできないが、生き物である。

マルチタスクだけでは、誰かや何かが優れた存在になることはできない。

木は食料と酸素の唯一の供給源であるが、木を伐採することには何の抵抗もない。

毎年、何百万本もの木が農業や居住のために伐採されている。

しかし、食料を生産するための葉緑素の代替供給源は、科学者たちは提案しなかった。

セミナーやワークショップでは、樹木伐採の問題は巧妙に処理されている。

その結果、ますます多くの災難が、自然から徐々に押し付けられることになる。

地球温暖化は、スマートフォンも人工知能も減らすことはできない。

破壊された森林を補充するために、人間はより多くの苗木を生産しなければならない。

不滅の男

動物たちは、自分が死すべき存在であることを自覚していない。

彼らの本能は動物の本能であり、器官を満足させるためである。

人間の多くもまた、自分が死すべき存在であることを自覚していない。

だから人間は貪欲で、堕落し、戦争をするのだ。

社会的に生きるという基本的な目的が弱くなった。

飢えで死ぬ人は少なくなった。

暴力や戦争のために死んでいく人が増えている。

基本的な闘争本能のために、至高の動物もまた降伏しているかのように。

犬や猫のように、人々も隣人に対して不寛容になりつつある。

自分が死すべき存在であり、限られた時間しかこの世にいないことを理解しない限り

利己的で、貪欲で、犯罪もいとわない。

人は何千年もの間、手段を選ばず、富を得ようとしてきた。

また、自分の肉体を守ろうとする。

死期が迫ったとき、その瞬間でさえ、ほとんどの人は真実に気づいていない。

蜂の巣の蜂のように、彼は倒れ、他の人の食べ物のために蜂蜜を残して死ぬ。

奇妙な次元

時間の次元は本当に奇妙だ

相対性理論だけが変えられる

怠け者や成功しない者には時間がない。

成功者にとっては、24 時間で十分なのだ。

決して死なないと思っている人は、いつも不足している。

しかし、「今夜死ぬかもしれない」と思っている人は、多くのものを蓄えている。

時間は決して貧富を区別しない。

カーストも信条も宗教も、時間の核心においては何の問題もない。

誰にとっても、時間のスピードは平等であり、同じなのだ。

時間通りに足跡を残すには、タイムリーなゲームをしなければならない。

人生は苦闘の連続

人生は常に闘いの連続である

どの瞬間にも困難に直面する。

その困難は小さなものかもしれないし、大きなものかもしれないし、恐ろしいものかもしれない。

プレッシャーのなかでも、くじけず、どっしりと構えていなさい。

闘うことをやめれば、瓦礫と化す。

必要なときは、後ろに下がってドリブルをする。

次の瞬間、自分の進歩が目に見えるだろう。

どんな困難にも勇気をもって立ち向かえ。

自信を持てば、問題を克服する力は倍増する

忘れてはならないのは、人生は気泡のように短すぎるということだ。

より高く、より高く、現実を感じよう

空の上から見ると

大きな家はどんどん小さくなり

人間はバクテリアのように見えなくなっていく

しかし、私たちが空を飛び始めたとき、それらはそのまま存在していた。

強力な望遠鏡を使えば、まだそれらを見ることができる。

私たちの位置は、宇宙船からの相対的なものだ。

高いところから物事を無視するのは、心にとって簡単なことだ。

心をより高いレベルへと拡大し、大きくするのだ。

小さなこと、些細なことは、決して出会うことはない。

否定的な人々は、決して挨拶に来ない

拡大し、力を得た心で、ただ飛べばいい

そして、花から花へと蜜を集めよう。

バラやジャスミンの香りを楽しもう。

いつか、そうでなければ、あなたはすべてを蓄えたまま死んでしまう。

だから、なぜ飛んで飛んで、蜂蜜を楽しまないのか、世界はあなたのものだ。

人生に対処するために

人生に対処するには、白髪だけでは十分ではない

高齢者にとって、現代のテクノロジーは厳しい

今日の技術も翌日には時代遅れになる。

来月どうなるかは、技術者にもわからない。

人間の脳がデータを吸収し、保持する能力には限界がある。

人間の DNA への知識は進化の連鎖によってもたらされる

ロボットのように、人間の脳に知性をインストールすることはできない。

多くの時間と忍耐が必要である。

人工知能が意識や感情と融合すれば、生物学的な目的はなくなる。

生物学的な改良と進化の意味がなくなる。

人間の脳は徐々に衰え、人類は衰退していくかもしれない。

人間の生活をより快適にするためには、AI は最善の解決策ではないかもしれない。

我々は原子の山なのか？

私たちは陽子、中性子、電子、そしていくつかの素粒子の塊なのだろうか？

岩、海、雲、樹木、その他の動物もまた、単なるヒープなのだろうか？

では、なぜ一部のヒープに呼吸や生命や意識が与えられているのか？

同じ原子の組み合わせでも、罪のない命もあれば危険な命もある；

神の粒子からも、二重スリットの実験からも、答えは得られない。

たとえ何十億マイルも離れていても、なぜ、どのようにして2つの粒子が絡み合うのか？

私たちは原子の組み合わせの累積効果しか観測していないのだろうか？

しかし、根本的な疑問について、私たちは暗闇の中を歩いている。

全能の神が科学によって檻に閉じ込められ、追放されるのは、彼らが完璧な解答を与えてくれたときだけなのだ。

時間とは衰退であり、存在なき進歩である

時間とは、腐敗や進歩の連続的なプロセス以外の何ものでもない。

それ自体では、時間は存在しないし、時間が所有できるものもない。

時間は過去から現在、そして未来へと流れているわけではない。

時間をそのように理解するのは、私たちの脳の性質である。

亀は 300 年経っても過去を知らない。

二百歳のクジラは、未来のことを考えたり、信頼したりすることはない。

時間の測定は相対的なプロセスであり、ゆっくりとした腐敗のプロセスを識別するためのものである。

しかし、何百万年もの間、山や海はしっかりと存在している。

人間の脳は、百二十年後の時間を理解することができない。

時間は流れるものではなく、朽ちていくものである。

ファラオ

エジプトのファラオは賢く、現実的だった。

彼らは、いつ人生が静止状態に陥るかもしれないことをよく知っていた。

ファラオは即位後すぐにピラミッドを建設し始めた。

彼らにとって、不老不死になろうとすることは現実的な解決策ではなかった。

彼らは、最愛の人が記念碑を建てるとは思っていなかった。

生きている間に自分の墓を建てることが、より適切なのである。

インドでも古来、老人は死を迎えるためにヒマラヤに行った。

マハーバーラタ戦争に勝利した後、パンダヴァ家も同じ道をたどった。

多くの賢人たちが、不死であるためにさまざまな策略や手段を試みた。

しかし、死は最終的な真実であるという現実を理解し、理性的に行動した。

ロンリープラネット

私たちの愛する地球は、太陽系の中で孤独な惑星である。

酸素のある居住と生物生活に適した惑星

何百万年もの進化が、私たちを意識を持った人間にした。

しかし、孤独な惑星では、人間にとって孤独がある。

地球には80億人のホモ・サピエンスが生きているかもしれない。

金持ちになっても、頭がよくなっても、個々人は孤独である。

私たちは社会的動物であるといつも主張しているが、実は利己主義がゲームなのだ。

貪欲さ、エゴ、優越コンプレックスが私たちを孤独にしている。

誰もがまた、一人で最後の旅をしなければならないことを知っている。

なぜ戦争が必要なのか？

現代に戦争が必要な理由
共産主義はすでに死にかけ
人種差別は鈍化している
公害と自然破壊はピークに達している。
テクノロジーはあらゆる人種と宗教の人々を結びつける
しかし、破壊的な考え方のせいで、文明の未来は暗い。
温情主義という人間の DNA が常に主導権を握っている。
人間の体内にある平和を作る DNA はあまりにも弱い。
神も科学も、戦争と殺戮を止めることはできなかった。
先進国はいまだに武器売りに汲々としている。
貧しく愚かな国々が戦場となる
毎瞬、核爆弾による最大の傷の恐怖がある。

恒久的な世界平和を見送る

何千年も前、彼は私たちに非暴力を教えた。

彼は平和と沈黙の重要性を悟った

しかし、ブッダの信者である私たちは暴力を続けた

イエスは殺戮と残酷な行為を止めるために命を犠牲にした。

彼の教えもまた、私たちの価値観から静かに消え去りつつある。

テクノロジーもまた、人間を恒久的に統合することに失敗した。

恒久的な平和と兄弟愛は、いまだ遠い夢である。

カースト、人種、宗教のために暴力を始めることに、誰もが熱心だ。

量子もつれは、憎しみ、貪欲、嫉妬、エゴを説明することができなかった。

解決策が技術からもたらされない限り、恒久的な平和の世界は見送られなければならない。

ミッシング・リンク

ケーキを食べることはできない。

これは自然の法則に反する

過去にも未来にも行くことはできない

神とダーウィンの両方を信じるのは偽善だ

どちらの仮説も真実であるはずがないことは、誰もが知っている

しかし、論理的な結論を出すには時間がかかる。

人はどちらの仮説も都合よく解釈する

しかし、そのような仮説が真実であるはずもなく、科学であるはずもない

ダーウィンのミッシングリンクは、いまだに見つからないままだ

だからこそ、多くの人々は神に祈り、祝福を求めるのだ。

神の方程式だけでは不十分

猫は箱の中で死ぬ代わりに、子猫を連れて出てきた。

誰も猫の妊娠に気づかず、検査もしなかった。

シュレーディンガーは猫を箱の中に入れた。

予測に関する不確実性はもっと複雑である。

猫の生死だけが問題ではない

量子物理学はあまりにも多くの意見と解答を与えなければならない

猫は何人もの赤ん坊を産んだかもしれない

箱を開けた時点で死んでいるものは少なく、生きているものは少ない。

神の方程式と神の粒子に対する答えだけでは十分ではない

宇宙の存在の問題を解決するのは非常に難しい。

女性の平等

快楽の名の下に、一人の女性を残忍に扱う。

時には 3 人、時には 4 人、時にはそれ以上

動物的本能が、ファム・ファタルを押しつぶすために、最悪の形をとる。

金のために、市民の自由の名の下に、女の魂は破壊される。

そして、彼らは人類と文明の聖火ランナーであると主張した。

人々の思考プロセスには合理性も近代性もない。

優越コンプレックス、エゴ、自由意志のもとで、すべてを正当化する。

そして、自分たちの領土と文化における女性の平等を主張する。

ひとたびベールを脱げば、女性人身売買の首の皮一枚つながった真実が見えてくる。

動物の本能のための搾取、残忍さ、非人間的な扱いがまばたきをしている。

インフィニティ

無限大から無限大を引くとゼロではなく無限大になる

無限という言葉は人類にとって奇妙な言葉である

無限という概念はホモ・サピエンスにしかない。

他のすべての生物は、無限の宇宙を気にしていない。

人類の無限概念は多様である。

数の数え方は無限大で終わる。

しかし、銀河や星にとっての無限は、境界のないことを意味する。

私たちの脳や科学者たちは、その境界を超えることはできない。

神という概念が生まれたとき、無限大は特異点を持つ。

無限大がなければ、数学も物理学も挫折してしまう。

天の川を越えて

宇宙や宇宙の大きさは、人間の頭では理解できない。

スピードと時間の壁が、我々の住む天の川銀河の中に我々を閉じ込めている。

天の川銀河でさえ広大で、その隅々まで探索することは不可能である。

科学と人工知能による人間の不道徳な生活もまた、短命に終わるだろう。

調査や旅を終える前に、太陽そのものが永遠に暗くなり、死滅してしまうだろう。

天の川銀河の彼方を、時間の次元で探検しようとするのは馬鹿げている。

そのためには、われわれの生命は時空の埒外になければならない。

この無限に存在する物質や銀河は、どのようにして生まれたのか？

宇宙のダークマター（暗黒物質）がどのようにして生まれたのか、私たちはいまだに謎に包まれている。

天文学と天の川銀河探検の旅は、果てしなく長いだろう。

慰めの賞で満足し、次に進む

過去も現在も、そしてこれからも、私の手に負えるものは何もない。

それでも、私はいつも統合賞に満足していた。

大転倒しても、何度でも立ち上がる。

私を軌道に乗せるために、王や仲間の助けを求めたことはない。

私は自分自身と自分の能力だけに自信を持っている。

多くの人が何度も何度も私を引きずり降ろそうとした。

彼らの努力は無駄になるからだ。

彼らの願いや努力もまた、決してコントロールできないからだ。

自分の人生を有意義で偉大なものにできなかったとき

どうして私の現在と未来の活動を妨害することができようか。

彼らは人生の貴重な時間を浪費することに満足している。

噂話や足の引っ張り合いは、役に立たないナイフのような怠け者の仲間だ。

コヴィド 19 バックルに失敗

コビド 19 は人類の文明と精神を崩壊させることはできなかった。

そのため、人々はすぐに人類が直面した災難を忘れてしまった。

突然命を落とした人々のことなど、今では誰も覚えていない。

人々はまた日々の生活に忙殺され、振り返る暇もない。

人間の貪欲さ、エゴ、憎しみ、嫉妬はそのまま残った。

社会や集団として共通の教訓を学ぶことはない。

人間のこのような考え方は実に奇妙で驚くべきものだ。

良いことは、ショーが中断することなく続いていることだ。

最悪の災害の中で生き残るためには、人類にとってこれが最善の解決策である。

自然淘汰の法則に従って文明を進めよう。

貧しいマインドセットであってはならない

預金残高は貧しくとも、心は決して貧しくない

いつでも、どこでも、富とお金は簡単に手に入る。

成功への階段を上るには、姿勢が最も重要である。

登った後のすべてのプラットフォームで、あなたは箱いっぱいの生のダイヤモンドを見つけるだろう。

おとぎ話のような魔法のランプは現実にはない。

次のプラットフォームでは、ダイヤモンドを磨かなければならない。

もしあなたの態度が否定的であれば、決して高いところには登れない。

ヒマラヤの麓で貧困にあえぐことになる。

友人や隣人が成功すれば、あなたは驚くだろう。

しかし、深海から真珠を採取するときの彼らの苦しみは、誰も気づかなかった。

大きく考え、実行する

考えたら、大きく考え、実行する。

アイデアを食べ、アイデアを飲み、アイデアを夢見る。

アイデアの実現は誰にも止められない

ひたむきに努力し、自分のアイデアにしっかりと立ち向かえ
。

壮大なアイデアと計画を抱いて眠れ

新しい道や問題の解決策は、朝になればやってくる。

どんな岐路でも、迷いや混乱があるかもしれない。

しかし、忍耐があれば、すぐに解決策が見つかる。

批判にさらされても、荒唐無稽な夢やアイデアをあきらめてはいけない。

成功し、頂点を極める前に、あなたは常に皮肉に落胆するだろう。

脳だけでは不十分

知性と意識には脳が必要

しかし、感情や知恵を持つには、脳だけでは不十分である。

愛、憎しみ、嫉妬の際に発せられるニューロンは複雑である
。

心と脳のもつれは、常に複雑すぎる。

すべての哺乳類は、さまざまなオーダーとレベルの知性を持っている。

ホモ・サピエンスより優れている仕事もあれば、他の動物の方が優れていることもある。

どの動物界にも、異なる優越性の物語がある。

天国についての意識は、動物にはわからないからいいのだ。

これは、人間以外は地獄に落ちるという意味ではない。

人間にだけ、想像と欺瞞を売るのは非常に簡単だ。

カウントと数学

人はリンゴを 1 個食べるか 2 個食べるかの違いを知っていた
数的能力の概念は DNA と関連している
数学が発見される以前から、脳は数字を理解していた
動物や鳥も脳内で数字を視覚化していた
誘発された知性、現代の数学はそれを訓練する
数学の発見は人類の文明にとって大きな飛躍である
数学がなければ、何十億もの問題は解決しない
人間の知性の核となるのは数字と言語の能力
進歩や成功のためには、この 2 つの要素が重要である
情緒的知性もまた、人間の遺伝子に内在するものである。
経験と環境が、知性と感情を強く清らかにする。

メモリーが足りない

事実や数字を暗記し、再現することだけが知性ではない

知識そのものは力ではなく、力のための武器にすぎない

記憶や知識よりも、想像力や革新性の方が重要である。

人工知能の記憶力は優れている。

しかし、革新や発明においてAIが人間に勝つことは難しい
。

人間には想像力、感情、知恵があるが、AIにはまだ欠けている

発明と革新の競争では、人間にはDNAの裏付けがある。

コンピュータとChatGPTの時代には、ブラックボックスや境界を越えて考えよう。

あなたの想像力と知恵は、あなただけのものであり、翼を授けるものです。

AIやコンピュータとの戦いでは、人間がリングで成功する
。

与えれば与えるほど、得られるものが増える

恵まれない人々に与えれば与えるほど、得られるものも大きくなる

寛大さは、より高次で偉大な人間の価値である

引き寄せの法則は、あなたの純資産が下がることを許さない

ニュートンの運動の第三法則は、人生のあらゆる分野に当てはまる

自然の法則は途切れのない水道管のように流れる

善行の果実が熟すには、もう少し時間がかかるかもしれない。

しかし、それはいつか必ずやってくる。

リンゴの木を植えても、自然はブラックベリーを与えない。

この果実を変えることはできない。

より良い新世界のために、良い美徳をもって、常に連帯を示せ。

手放すことと忘れることは同じくらい重要

人生は、心と体のあまりに多くの拷問の統合である。

DND のファイティング・スピリットのおかげで、私たちは常に道を見つけることができた。

拷問は鋼鉄の鍛造のように私たちの肉体と精神を強くした。

ほとんどの怪我は、私たちの回復システムで簡単に治すことができる。

心を癒すのは難しいかもしれないが、時間と状況がそうさせるのだ。

人生で最も困難な問題も、時が解決してくれる。

物事を忘れることは、魂のバランスを保つための良い美徳である。

記憶の中に閉じこもれば、人生は牢獄と地獄になる。

人生の屈辱と拷問を忘れるには、手放すことが重要である。

記憶のような人工知能は、人間の脳にとって悲惨な力を持つ。

量子確率

死すべき運命にある私たちの存在は、宇宙で唯一の奇跡である。

他には何も不思議なことはなく、すべてが特定の法則に支配されている。

銀河系全体において、不条理や限界や欠陥は存在しない。

原子も、基本粒子も、中性子の崩壊も、新しいものではない。

物質が誕生して以来、物理学のバリエーションは少ない。

相対性理論や量子力学は文明にとって新しい知識かもしれない。

しかし、人類が誕生するずっと以前から、自然はすべての標準化を行なってきた。

物理学やいかなるプロセスも、陽子が電子の周りを回るように強制することはできない。

物質世界が形成されたとき、自然淘汰はなかった。

われわれの知識はすべて、量子の確率と順列組み合わせである。

エレクトロン

物質宇宙は本質的に不安定である

電子は静かにしていられないから

電子は最も重要な粒子の一つである

しかし、その振る舞いと性質は単純ではない

原子における電子の存在は弁証法的である。

陽子と中性子を結合させるために、電子の役割は極めて重要である。

不安定な電子のせいで、カオスは常に増大する。

宇宙と創造のエントロピーは決して減少しない

DNA を通して子供が生まれたときに泣くのは、電子の影響である。

無秩序とカオスは増加し、新生児にも反映される。

ニュートリノ

ニュートリノは強力な電子の仲間である

ニュートリノは、強力な電子の仲間であるにもかかわらず、軽視され、人気がない。

ニュートリノはあらゆるものを透過することができるため、幽霊粒子と呼ばれている。

ニュートリノが振動する弦の波であるかどうかは誰も知らない。

また、ニュートリノがどのようにして普遍的な旅をしながら質量を得るのかもわかっていない。

しかし、ニュートリノは基本粒子として多くの意味を持っています。

ニュートリノには3つの異なるフレーバーがあり、それは刺激的である。

神の粒子ヒッグス粒子を相手にしても、ニュートリノは狡猾である。

ニュートリノは太陽や宇宙線からやってくる

素粒子物理学は、幽霊ニュートリノについて言うために、長い道のりを歩まなければならない。

神はダメな監督

神は優れた物理学者であり、優れたエンジニアである。

しかし、経営は下手な教師であり、悪い医者である。

世界の管理は非常に悪く、紛争が絶えない。

ビザによって人間の移動を制限している。

下等動物や鳥類には何の制限もない。

動物に対する優しさはない

子供たちは毎日戦争や過激派によって殺されている。

しかし、自分の好きな動物への残酷な仕打ちを止めろとは決して言わない。

毎年何百万人もの人々が不治の病に苦しんで死んでいる。

医者たちは大金を手にし、神を賛美する。

技術者たちは、結果をあまり考えずに技術革新を行う。

命を救うという名目で、医師たちはしばしば順番を間違える。

物理学は工学の父である

物理学はすべての工学分野の父である。

電気工学は電子工学の父だが、どちらも単純ではない

機械工学は生産工学の父である

メカトロニクスは父であるという主張に対して苦しんでいる。

土木工学には DNA のつながりのない養子が多い

化学工学は、分子がどのように考えるかについて忙しい

物理学の末っ子、コンピュータ・サイエンスは今や王様だ。

リングの上で王座を主張するために、彼らはすべてのエンジニアリングをノックアウトした。

スマートフォンと量子コンピューティングが、あと数年の支配を助けるだろう

人工知能が頭脳と統合されれば、誰もが歓声を上げるだろう。

原子の知識

庶民の原子に関する知識は電子で終わっている。

陽子と中性子の知識で満足する。

光子、陽電子、ボソンについて心配する必要はない。

人々はリンゴが落ちる溶液の知識で満足している。

その過程で、人口の増加によりリンゴのコストは上昇している。

コンピュータとスマートフォンは知識ブームに貢献した。

しかし、人々はそれらを暇つぶしや娯楽に使っている。

電子、中性子、陽子についての知識を広めるには、本がより良い役割を果たした。

グーグルやウィキペディアを手にしても、ボソンを知らない。

時代遅れの宗教を正当化するために、テクノロジーはますます利用されている。

不安定な電子

波動関数は私たちの知らないうちに崩壊し、観測されない

電子は光子の形で軌道に留まるためにエネルギーを放出する
。

電子が崩壊しないためには、パウリの排他原理が解となる。

電子は原子核の中で、決定できないほど確率を濁している。

ハイゼンベルクの不確定性原理は、不確かな位置について言おうとしている。

原子構造は、電子が原子核の周りを回転するための容器である。

自由電子は自然界で原子を安定させるためにエネルギーを失う。

しかし、電子が永久にこのような状態でいることは不可能である。

重力により、陽子が電子を捕獲すると中性子になる。

そして最後は、我々の想像を超えた銀河系のブラックホールへと崩壊する。

基本的な力

重力、電磁気力、強い核力、弱い核力が基本である。

この 4 つはすべて、宇宙と銀河を支配しコントロールする源である。

これらの基本的な力なしには、物質的なものは存在し得ない。

強い核力と弱い核力は原子の結合源である。

重力がなければ、星、惑星、銀河は衝突する。

電気磁気は、私たちの脳の機能とコミュニケーションの基礎である。

これら 4 つの力のおかげで、惑星の組み合わせが存在する。

なぜ、どのようにしてこれらの力が生まれたのか、はっきりと言うことは難しい。

ビッグバン後の原子の結合は、これらの力によってゆっくりと起こった。

ビッグバン後の冷却の過程で、これらの力がすべてを整然とさせた。

ホモ・サピエンスの目的

数十億年もの間、地球上の生物には何の目的もなかった。

万年ほど前、突然、人類の目的が明らかになった。

太陽の光が降り注ぐこの星で、生物は何のために生きているのか知らなかった。

しかし、太陽の光によって、人類が地球と呼ぶ星は輝いていた。

私たちの祖先であるサルやチンパンジーは、この惑星を正しく保っていた。

人間が自分たちの知性に気づいてから、彼らは目的を主張した。

他のすべての動物は彼らの下僕であると、ホモ・サピエンスは考える。

人間の目的は、彼ら自身の想像かもしれない。

目的仮説を受け入れるには、科学的な解決策はない

ダーウィンの自然淘汰理論は、目的の概念と矛盾する。

しかし、自然淘汰にはミッシングリンクがあるため、大多数の人はそれを受け入れる。

ミッシング・リンクの前に

進化過程のミッシングリンクの前に

進化にはもうひとつ画期的な成功があった。

それはX染色体とY染色体の分離である。

性的に中立な生物は生殖も可能であった。

性と生殖のために、中性染色体は誘惑する必要がなかった。

染色体による性分化が不平等を生み出した

オスとメスという2つの別々のDNAコードがしっかりと生まれた

性分化は生殖能力を高めるためだったのか

それとも、より高次の生物進化を単純化するためか？

X染色体もY染色体も原子の山である。

しかし、その特徴や性質は異なっており、ランダムである。

ミッシング・リンクのように、なぜ、どのように性別が分化するのか、私たちは解決策を持っていない。

アダムとイブ

神話のアダムとイブはX染色体とY染色体を表している。

両者が交配することで新しい生命、次世代が生まれる

DNAは遺伝的特徴と情報を運ぶ

遺伝子は突然変異と絶え間ない進化をもたらす。

情報を運ぶDNAは自然淘汰を促進する。

意識は情報によってもたらされるのか、それともそうでないのかは曖昧である。

粒子の量子もつれが我々を狂わせる

量子もつれの過程で、多くの人が怠け者になる

原子の組み合わせから生命を持つ人間までの全体像は、まだ曖昧である。

虚数は難しい

想像も理解も難しい虚数

私たちの頭や脳が容易に理解できない複雑さ

目に見えたり触れたりできるものは、脳が容易に展開できる

難解な演習は、脳が常に冷めた状態で保存したがる。

だからこそ、複雑な物事を表現するために、類推は非常に大胆なのだ。

見ること、触れることは信じることであり、人間の基本的な本能である。

架空の物理学や哲学には、限られた興味しかない。

新しい物事やアイデアを探求するには、想像力が一番だ。

想像力がなければ、可能であろうとなかろうと、科学は前進できない

新しいことを発見したり発明したりすると、必ず良い報酬が得られる。

逆カウント

レースをスタートする最終段階では、常に逆算がある。

なぜなら、この段階では精神的なプレッシャーがとてつもなく大きくなっているからだ

逆算では、ゼロがスタート地点とみなされる。

旅やレースの最終的な成否は、ゼロの共同点でしかない。

人生の素晴らしい道のりで十分に成熟したとき

より大きな成功のために、逆算を学ぶのだ。

逆算がなければ、最終的なゴールは誰も処理できない

人間の人生は、無限にカウントしていくには短すぎる。

逆算は、連帯感を持って軌道に乗る唯一の方法である

もし逆算を始めて成功できなかったとしても、運命を責めないでほしい。

誰もがゼロから始まる

私たちは皆、ゼロから始まるカウントをするために生まれてきた。

前へ前へと数えていくことで、達成はより大きなものとなり、あなたはヒーローとなる。

時間は、私たちのほとんどが 100 を超える数を数えることを許さない。

90 歳になると、人々は熱意を失い、降参する。

中盤の 50 歳からは、逆算を始めたほうがいい。

そうすることで、人生に感謝し、人生の報酬に微笑むことができる。

気づかないうちに、人は年や月や日を数えている。

明日、多くの人が朝日を見ることができなくなる。

もし、あなたがタイムリーに前と後ろのカウントを始めたら

その時が来れば、あなたは確実にピークに達するだろう。

倫理的な質問

私たちの知識、経験、知性はすべて自分で獲得したもの

観察可能な世界からの人工知能、私たちの脳もまた必要である

すべてを個人的に経験しようとすると、すぐに疲れてしまう

他者から得た知識を検証することなく採用することは、本質的に人為的なものである。

そのような知識の多くは、将来間違っていることが証明される

愛、憎しみ、怒りといった感情も、脳が見せかけることができる。

さまざまな理由から、人工的な笑顔や喜びのために、私たちの脳は訓練されようとしている。

人工知能は人類の文明の進歩の一部である。

人工知能がなければ、迅速な成功はあり得ない。

自然知能と人工知能の統合は、最も困難な課題である。

人間の脳との完全な統合の前に、社会は倫理的な質問をしなければならない。

オール・シン・タン・コス

人間の人生は 4 象限の時間旅行である

四つの象限をすべてクリアできれば、それは幸運であり、素晴らしいことである。

誰もが 25 年間の学習を経なければならない。

肉体の成長は終わりを迎える。

最初の四象限を通過するのは運が悪い。

死の時期と年齢は、人類にとってまだ奇跡である。

第二象限の 25 年間は、仕事に忙殺される。

より良い生活と将来の安定を求めて、誰もが走っている。

楽しむために、伴侶もなく一人で行動する人もいる。

第三象限は、統合と微調整の時期である。

あなたの知識、技術、富が蓄積され始める。

配当、成功、人間関係を計算し始める。

第 3 象限では、あなたはボスであり、CEO であり、他の人を率いる。

あなたは徐々に、より多くの富を得ようとする意欲を失い、さらに前進するようになる。

自己実現と自己の内面を知ることが重要になる。

第 4 象限に入る頃には、あなたの影は長くなっている

体は多くの病気に冒され、体力はない。

血圧、糖分、その他の病気を薬でコントロールしなければならない。

薬の副作用もひどく、命を落とす人もいる。

医療費を見て不安になることもある。

誰もあなたの面倒を見ようとしない。

ほとんどの友人もこの世を去り、友人は余剰となる。

それぞれの象限での活動を効率よく、賢くやりなさい。

第 4 象限が終わったとき、あなたはきっと後悔することはないだろう。

火力

火の発明が人類の文明を変えた

紛争鎮圧における火力の基礎を築いた

弱い動物を制圧する火力があればあるほど

拡大し、生き残る確率が高まる。

火力は人類が適者生存し、進歩するのに役立った。

大規模な森林火災により、多くの動物が後退の道をたどった。

人類は、肯定的であれ否定的であれ、心の中に火を持ち続けてきた。

このことは、破壊的となった歴史上の戦争が証明している。

しかし、ポジティブな心の炎は、人間が建設的であることを助けた。

しかし、文明にとっては、現代技術の火の力が決定的なものになるかもしれない。

ナイト・アンド・デイ

毎晩泣くたびに
世界は恥ずかしがる
慰めようともしない
痛みは炒め物になる
心は空っぽで乾いている
孤独なヒバリが飛ぶ
一晩中、私は
孤独な私はいつか死ぬ
死んだ私に、人々は別れを告げるだろう。
太陽が昇れば、魂は高ぶり
日中は泣く暇もない
理由はない
ただ、私は死ぬのだ。

自由意志と最終結果

渋滞の中で、左へ行くか右へ行くかの自由意志があった。

しかし、自分で決断するたびに、移動は窮屈になった。

左折しようが、右折しようが、Uターンしようが、未来の旅路が明るいものであることはほとんどなかった。

1メートルでも移動するために、私は運命に抗うことを余儀なくされた。

自由意志で、10年間愛し合ったカップルは結婚を決めた。

ファンファーレを草刈り場にして結婚を祝った。

3ヵ月後、二人が別れるのを見て誰もが驚いた。

青年は自由な意志で明るい未来のために海外へ飛び立った。

しかし、自由意志と多くの希望を抱いていたにもかかわらず、飛行中の墜落事故で彼は命を落とした。

自由意志と最終結果の間には不確かな関係がある。

運命や不確定性原理はいつ襲ってくるかわからない。

量子確率

宇宙は量子粒子の無秩序な過程から始まった

その後に続くものはすべて、量子の確率である。

星やその他の天体は整然とした軌道で回転している。

しかし、宇宙全体としては、銀河は常に錆びようとしている
。

宇宙のエントロピーは、その生存のために増大し続けなければならない。

宇宙の膨張を説明するには、暗黒エネルギーが不可欠である
。

多元宇宙論は証明のない量子論的確率にすぎない

あらゆる宗教哲学において、多元宇宙は耐え難い根源を持っている。

物理学にも、我々の起源に関するさまざまな理論や仮説がある

シンプルで究極的な現実の真実は、今のところ誰も見たことがない。

死と不死

私は死すべき存在であり、数日の旅人である。

他のすべての人が不死であり、サービスを提供する人であることは、私にとって幸せなことだ。

私が旅立つとき、不滅の友人や親戚はバイバイするだろう。

次の出番があるとすれば、どのようにスタートするのか、誰も知ることはないだろう。

一週間もすれば、みんな私のことなど忘れてしまうだろう。

スーパーマーケットで家計簿をつけるのに忙しくなるだろう。

そのときでさえ、時間は同じように過ぎていく。

不老不死だから、疲れることもなく、腐ることも錆びることもない。

100 年後、誰かが私の生誕 100 周年を祝うかもしれない。

千年後、ネットで私を見つけ、私は現代人だと言うかもしれない。

しかし、その反応は何の感情もなく、一瞬のものであろう。

死と不死は背中合わせであり、人は死にたくないものだ。

しかし、人生の最後の日まで、不死であるために、私は決して努力しない。

岐路のマッドガール

彼女は毎日、十字路を歩き回り、笑い、微笑み、独り言を言う。

誰が来るのか、誰が行くのか、まったく気にしない。

汚れた服も、すっぴんの顔も、埃だらけの髪も気にしない。

笑ったり微笑んだりすることが幸せのしるしなら、彼女は幸せでゲイに違いない。

彼女はまた、陽子、中性子、電子、その他の基本粒子の山であるに違いない。

運動、重力、電磁気学、量子力学の同じ法則に従っている。

しかし、彼女は違う。不安定な電子の手に負えない行動かもしれない。

医師たちは、なぜ彼女が違うのか、なぜ治ったのか、何の解決策も与えられなかった。

彼女の意識の非対称な行動に対する本当の説明はない。

彼女の意識とニューロンの放出は、量子論の説明を超えている。

彼女の笑顔や幸福感に対して、人々は哀れみを示し、残念がる。

しかし、量子の観測者とは関係なく、彼女は陽気に生きている。

原子と分子

分子は地球と宇宙の創造の基本ではない可能性

炭素、水素、酸素、ケイ素、窒素が地球を多様にした

カルシウム、鉄、ナトリウム、カリウムはすべて分子の形で存在している。

原子の組み合わせがなければ分子はできない。

しかし、分子にならなければ元素の存在は生まれない。

中性子は崩壊して陽子になり、電子は別の原子になる。

陽子と電子の組み合わせもランダムに起こる

タンパク質やアミノ酸は分子の形で誕生し、生命を可能にした。

原子の状態で動物界に食物を供給する光合成は不可能である。

分子は原子のように不安定ではないので、私たちの存在にとって分子は頼りになる。

新たな決意をしよう

川、湖、海、そして海にはすべて底がある。

各水域の深さは左右対称ではなく、ランダムである。

丘は一年を通して背が高かったり低かったり、緑だったり白かったりする。

しかし、すべてのものの特性は、原子だけが重要である。

自然の美しさも、星も、女性も、すべては原子の山である。

写真を撮らなければ、誰もその美しさを見ることはできない。

基本粒子と原子は、組み合わせによってすべての違いを生み出した。

人間は、初期の形成において何もコントロールできない。

進化の過程を早めることも、遅らせることも、人間は何もしていない。

愛と兄弟愛で世界をより良くするために、私たちは解決策を講じることができる。

フェルミ-ディラック統計

日常生活の中で、私たちは交流のない数多くの人々を目にする。

フェルミ-ディラック統計は、私たちに合理的な理解解を与えてくれる。

この統計は古典力学にも量子力学にも適用できる。

人間はそれぞれ異なった考え方、態度、力学を持っている。

すべての基本粒子は、熱力学的平衡の独自の方法を持っている。

測定可能な質量がなくても、粒子には運動量がある。

ボース・アインシュタイン統計は、同一で区別できない粒子にも適用できる。

粒子を記述するプロセス全体は複雑で単純ではない

無限の宇宙では、ある時点で我々の理解力は麻痺してしまう。

しかし、人間の心と物理学の探究心は、決して完全には屈しない。

人間離れしたメンタリティ

人々は非人間的で残酷になった

今では歴史に残るような決闘はないが

しかし、罪のない人々を殺すためには、些細なことが燃料となる。

寛容は逓減の法則よりも早く失われつつある。

真実と正義のために立ち上がるなら、次の銃弾はあなたの番かもしれない。

些細な事件のために、多くの都市で人々が狂気の炎を燃やす。

いつでも、どこでも、どんな理由でも、致命的な暴力が起こる可能性がある。

人間は今、人の血に飢えている。

世界では、壊滅的な洪水よりも暴力で亡くなる人のほうが多い。

人類のために捧げられたイエスの犠牲は、残酷さがピークに達した今、影を潜めている。

暴力、戦争、憎しみ、不寛容、やがて人類の織物は壊れるだろう。

ビジネスプロセス

人生は、生産性と利益を最大化するためのビジネスプロセスに過ぎないのか。

それとも、進化と進歩に貢献するための自然なプロセスなのか？

今や社会全体が、商品を売り込む場となっている。

いかに人々を欺くかが、生き残り、適者であるための大きなスキルとなっている。

真実とシンプルで正直であることで、前進することは不可能である。

富を求め、有名になりたいという無限の欲がある。

心を豊かにするために、時間を費やしたり、本を読んだりすることを望む人はいない。

市場では、何とかして自分のサービスや製品を売らなければならない。

社会構造、人間関係、価値観から、それは常に差し引かれる。

マーケティングを行い、利益を得ることができなければ、人生で構築できるものは何もない。

安らかに眠ってください（RIP）

私が死んだら、誰かが死亡記事を書くかもしれない。

しかし、安らかに眠れと言うのが第一のコメントだろう。

今は誰も、私が安らかであるかどうかを尋ねない。

私の親しい友人でさえも、同じ境遇にある。

彼らの安らかさについて、私は誰にも尋ねたことがない

友人たちが亡くなってから今日まで、私もまた同じ道を歩んできた。

死は、今や私たち全員にとって、とても安っぽく、無感動なものなのだ。

いつか誰もがバスに乗るのは事実だが

死後は、平和も幸福も関係なくなる

安らかに眠ることは、ごく最近の現代的なライフスタイルの特許である。

人々は忙しすぎて、安らぎや休息をとる時間がない。

死後、友人たちに安らかに眠ってくださいと言うのは簡単で最高のことだ。

魂は実在するのか、それとも想像なのか？

科学的根拠がないため、魂の存在は常に疑問視されている

生物の意識は実在するが、それは摂理の問題なのか？

魂の仮説は根深く、文明に次ぐ文明を生き延びてきた

死後の魂とその連続性は、ほとんどの宗教に不可欠な要素である。

この点を証明するために、化身と預言者が宗教的解決策となっている。

しかし、肉体と魂のミッシングリンクを見つけることに失敗して以来、現在に至っている。

高次の意識の理由もまた、語られないままである。

無限の銀河の中で、科学の探究はほんの塵にすぎない。

魂と意識に関する適切な質問には、科学が答えなければならない。

そうでなければ、時間の領域で、科学の多くの仮説は錆びついてしまうだろう。

すべての魂は同じパッケージの一部なのか？

異なる生物の魂は同じソフトウェアパッケージの一部なのか
？

それぞれの魂は量子もつれを持つが、荷物は異なる

進化を通じて、すべての生物は生態学的な束縛を受けている
。

多くの種が絶滅したのは、時が進まなかったからである。

自他ともに認める至高の動物である人類は、今、その救済を求めている。

しかし、生きるためのソフトウェアとハードウェアの関係が欠けている。

科学、宗教、哲学はそれぞれ独自の考え方を持っている。

自分たちの仮説が正しいことを説得力を持って証明することはできない

好奇心旺盛な人々が厳しい質問をすると、誰もが引っ込んでしまう。

魂と肉体の関係については、これまで宗教の方が大きな影響力を持っていた。

核

原子核がなければ、原子は形成されず、原子として存在することもできない。

基本粒子そのものが物質として形成されることはない。

宇宙に存在するものには、もっとうまく説明できる仮説があるかもしれない。

太陽系は、太陽がなければ存在し続けることはできない。

人工衛星もまた、力のバランスをとっているのであって、人間の楽しみのためではない

莫大なエネルギーを持つ中心核がなければ、宇宙の秩序は成り立たない。

それが神であれ、他の何かであれ、物理学はさらに掘り下げなければならない

星と銀河の間の距離は、我々のロケットでは届かない。

銀河系の隅々まで探査するのは、今のところ私たちのポケットの外だ。

しかし、多くの人々は、高価なチケットを買って、永遠に宇宙へ行く準備ができている。

この探究心と未知を知ろうとする力こそが文明なのだ。

量子テクノロジーによって、宇宙探査はさらに勢いを増すだろう。

星の絆の奥にある究極の核や真実を見つけるまで。

人々がそれぞれの信仰と祈りで幸せになるように。

物理学を超えて

物理学の不思議な世界を超えて、生物学の世界へ

原子の組み合わせがタンパク質分子を作り

ウイルスと単細胞生物が誕生した

DNA という情報伝達物質が進化を始めた

物理学と生物学の連関が、根本的な解答を与えるかもしれない。

遺伝学によるリバース・エンジニアリングによって、生命がどのようにして誕生したかがわかるかもしれない。

全能の神にとって、ゲームの中には何もないのかもしれない。

物理学を超えたところに、新たな生命を生み出す愛と人間性と母性がある。

陽子と電子の組み合わせのように、私たちには夫と妻がいる。

創造の謎は、量子力学の後にも続くだろう。

物理学者の中には、新たな仮説で私たちに新しい存在のアイデアを与えてくれる人もいるだろう。

生命は人工知能や戦争と競争し続ける。

人類は存在意義を見いだせず、星々を植民地化していくだろう。

科学と宗教

科学は、その理論を証明するために宗教的な文章を参照することはない

科学的理論や仮説は記憶に基づいていない

文明の初期段階における宗教的テキストは、何世代にもわたって受け継がれてきた。

それらのテキストは、常に科学から確証を得ようとする

神が別の銀河系に存在するとしても、宗教的なテキストは神のバージョンではない

それを証明するために、宗教指導者は解決策を持っていない

多くの場合、彼らは科学に基づいていることを証明するために、断片的な詩を参照してください。

しかし、基本的な法則の数学的な言及はない

預言者や宗教指導者は科学理論の発明者ではない

自然や自然法則に類似しているのは、その傍証に過ぎない。

宗教と科学は、人生というコインの表裏である。

しかし、実験室や物理的なテストになると、宗教は滑る。

宗教と多元宇宙

どこにいても、幸せで、平和に生きなさい

これが、魂についてのほとんどの宗教の見解である。

宗教はパラレルワールドを知っているのだろうか？

あるいは、親しい人たちが孤独になるための最も簡単な方法なのだろうか。

パラレルワールドの概念は、いくつかの宗教に内在している。

しかし、それは量子もつれや特定の解決策を超えたものだった。

現在のパラレルワールドの概念でさえ、方向性が定まっていない。

物理学は、原子や基本粒子の内部にまで踏み込んでいく。

具体的になるよりも、障害とともに哲学的になる。

大きな宇宙でも、宇宙定数は異なる。

そうなると、理論や仮説全体が疑わしくなり、苦しくなってくる。

宗教は信仰の問題であり、信者は証拠を求めない。

最も科学的で理性的な人々でさえ、見解が誤りであるとは決して言わない。

科学の未来と多元宇宙

人が亡くなると、親族は「どこにいても安らかに生きなさい」と言う。

この宗教観は社会に深く根を下ろし、広がりすぎている。

人々は旅立ちの痛みから安らぎを得、傷跡を癒そうとする。

そのような人々の大多数は、量子もつれを知らない。

多元宇宙が存在するかどうかは、彼らにとってまったく重要ではない

どの動物もそうであるように、人間もまた、死ぬこと、この世を去ることを恐れている。

だから、別の銀河系に住むという概念が生まれたのかもしれない。

また、我々の文明が証拠よりも古い可能性もある。

何百万年か前に、進化した生物がこの銀河系にやってきたのかもしれない。

世界の人々はそれらの生物と交流していたかもしれない。

目的地に向かうと、人類は祈りを捧げるようになった。

異世界の存在は口から口へと伝わった。

長い目で見れば、他の宇宙での生命の存在は確固としたものになる。

物理学は現在、自然を説明するために多元宇宙という仮説を立てている。

もし多元宇宙が本当に他の銀河に存在するなら、科学の未来は変わるだろう。

ミツバチ

世界の大半の人間はミツバチのように生きている

上から見ると、巨大な建物は木である。

住宅地ではアイデンティティがない

しかし、巣箱のミツバチのように、誰もが自分の家で団結して暮らしている。

彼らは休むことなく、子孫のために働き、働く。

自分たちがベストだと思うものを子供たちに与えようとする。

ミツバチのように休むのは夜だけだ。

ある日、足が弱って歩けなくなり、手が動かなくなる。

その頃になると、子供たちは大人になり、揺れ始める。

老人ホームや精神病院では、病人は閉じ込められる。

みんな、むかしは一生懸命働いていたことを忘れている。

ミツバチのように、彼らもまた地面に落ちる。

しかし、緑豊かな日々は、人生を楽しむために、あなたが説得することはできません何人かの人々。

同じ結果

量子力学は楽観主義者と悲観主義者を区別しない

その違いは、量子の確率やエンタングルメントのせいかもしれない

楽観主義者と悲観主義者は、世界では同じコインの表と裏である。

しかし、日々の生活では、異なる方法で、異なる展開を見せる。

クリケットやサッカーの試合では、トスに負けても勝つことができる。

悲観主義では、十字架の祝福を受けながら、長い目で見れば勝つことができる。

楽観主義は、生涯を通じての成功と幸福を保証するものではない。

多くの楽観主義者にとって、長い目で見れば、楽観主義は誇大広告としてしか残らない。

悲観主義者は一度だけ死ぬが、それも失敗を悔やむことなく幸せに死ぬ。

楽観主義者は、夢が頓挫するたびに何度も死ぬ。

楽観主義者であろうと悲観主義者であろうと、前進してゲームを終えるしかない。

自由意志があろうが、努力しようが、量子もつれは同じ結果をもたらす。

サムシング・アンド・ナッシング

無と有、無と有

神、神なし、神なし、卵対鶏よりも不可解な神

ビッグバンか、始まりも終わりもないのか。

ダークエネルギーがあるのかないのか、宇宙は膨張しているのか、それとも単なる蜃気楼なのか。

反物質と基本粒子には、それぞれの役割と役割がある。

物理法則が最初にできたのか、宇宙が最初にできたのか。

これもまた、無と有のような深刻な問題であり、錆びついてはならない。

自然や宇宙を知るためには、それぞれの問いに答えがなければならない。

物理学、生物学、化学、数学の統合はどのように行われるべきか。

人間の感情や意識も異なる実行を持っている

テーブル、万物の理論が回すことができるかどうかも不明である

その狭間で、宗教は世界を燃え上がらせる力を持っている。

ゲノム解読や量子もつれを知った後でも

人々は宗教的な和解に満足し、喜んでいる。

物理学が何かを決めるには、まだ遠いからだ。

最高の詩

これまで書かれた中で最高の科学的詩は、質量とエネルギーに関するものだった

これにより、空間、時間、質量、エネルギーが相乗効果で説明されるようになった。

Eはmとcの2乗に等しく、物理学の多くのことを永遠に変えた。

物質とエネルギーの関係のような科学法則の人気は稀である。

ニュートンの運動法則でさえ、その人気は後塵を拝している。

物質とエネルギーの二元性は古典物理学の支配を破壊した。

量子論と量子力学の未知の世界を切り開いた

私たちの目に見える世界のほとんどを説明する詩は、物質エネルギー方程式である。

相対性理論は、多くの未解明な事柄に解答を与えた。

重力、電磁気力、強い核力、弱い核力は目に見えない。

しかし、それらを工学に応用することで、この現代世界は可能になった。

自然の哲学を説明する上で、詩と物理学は両立する。

白髪

白髪と老いは知識と知恵を意味しない

80 歳を過ぎて人生の最期を迎えても、多くの人は愚か者の王国に住んでいる。

多くの人は経験や過去から学ばない。

だから、彼らの未熟さと愚かさは、息を引き取るまで続く。

学位や富を持っていても、紳士にはなれない

心に価値観や感情がなければ、ただのセールスマンにしかなれない。

知識と知恵と価値観があれば、本質的に良い人間になれる

貧乏人相手でも無礼な振る舞いはできない

価値観に基づいた誠実な人間が、今こそ社会で必要とされている

腐敗したメンタリティを持つプロフェッショナルや高学歴者は必要ない。

不安定な人間

人間の大半は不安定で、精神的な問題を抱えている

若者の手に負えない行動、電子が手がかりを握っているかもしれない

空が青く見えるのはなぜか？

現在でも、風邪や季節性インフルエンザを薬ですぐに治すことはできない。

物理学も医者も答えを持っていない。

天候や降雨の完全な予測は非常に限られており、稀である。

人間の脳は感情を表すために何十億個もの中性子を放出する。

しかし、それがどのような行動をとるのか、物理学者は正しい予測をすることができない。

未来のあらゆる瞬間の量子確率は無限である。

いつ、どんな事故が起きても、最高の医師が殺される可能性がある。

詩は物理学のようにシンプルであれ

なぜ詩は数学や物理のように単純であり得ないのか

真理は常に単純明快で、難しい言葉を必要としない。

詩は庶民の理解を超えるような難しいものである必要はない

内面的な表現を知るのは、単にエリート階級のためだけではない

惑星運動の法則のように、詩はシンプルで美しくあるべきだ。

詩は、人生を明るくするために、より良い人間的価値を吹き込むことができなければならない。

ニュートンの法則はとても単純明快で理解しやすい。

惑星運動全体について、簡単な方法で、我々は周囲に伝えることができる。

E は mc の 2 乗に等しく、複雑さを伴わずに物質とエネルギーの二元性を説明できる。

物理学と詩は、人生をより良いものにするために、簡単に連動することができる。

難解な言葉や内的な意味だけでは、詩は強くならない。

詩の定義はなく、それは天の川の彼方にある銀河のようなものである。

数学と物理学について、シンプルな詩は簡単に言うことができる。

マックス・プランク

量子力学は宇宙誕生直後に発展した。

基本粒子の振る舞いは不安定で、ランダムで多様だった。

やがて電子、陽子、中性子、光子が誕生した。

必要な最初の火花と力がどこから来たのかは誰も知らない。

何十億年もの間、秩序だった特異点は、エントロピーを増大させるカオスへと移行した。

宇宙、物質、エネルギーは、古いコピーの新しい原型なのだろうか？

マックス・プランクが量子論を発見したのは、ホモ・サピエンスが地球に来てからである。

現代物理学と量子力学は、彼の発見によって誕生した。

人類は進化の過程を経てこの世に誕生したが

電子、陽子、中性子は進化を経ていない。

物質エネルギーがどこから来たのか、その説明にはまだ多くのミッシングリンクがある。

宇宙の創造において、物理学と進化論だけが唯一のゲームではない。

オブザーバーの重要性

かつて世界は恐竜や爬虫類が支配していた

進化と自然淘汰の結果、一部の種は飛ぶようになった。

賢くて無気力な種は、海や海洋にとどまった。

恐竜の黄金時代、地球は太陽の周りを動いていた。

ヒマワリは日の出と日の入りを知っていて、それに従って回転する。

地球の自転や公転を気にする生物はいなかった。

渡り鳥は航海術でさえも正確で非常に賢かった。

何千年もの間、ホモ・サピエンスでさえ自転を知らなかった。

聡明なガリレオが世界に衝撃的な急進的仮説を与えるまでは。

動物たちは自転と公転の理論に反対しなかった。

しかし、同胞のホモ・サピエンスはガリレオと彼の理論に断固として反対した。

ガリレオは、古くからの信念に反し、異なる考え方をしたために投獄された。

しかし、真理の前触れとして、彼は自分の理論を確認し、抵抗しようとした。

それにもかかわらず、それは動いている」という彼の言葉は、観測者の重要性を示している。

知識と想像力を持つ観測者だけが、世界を永遠に変えることができる

相対性理論は太陽系の始まりから存在していた。

アインシュタインがその観測を行い、物理学の新事項として発表した。

観測者の重要性は、量子もつれによって証明された。

しかし、現実は不連続の連続であり、宇宙でさえも永遠ではない。

我々は知らない

死とは人間の波動関数の崩壊なのか？

陽子、中性子、電子の山が崩壊するには時間が必要だ

基本粒子の量子もつれは墓場でも続くのか？

場の量子論にも量子力学にも答えはない。

唯一の希望は、万物の理論がそれを説明するまで待つことである。

そのときでも、墓の下で量子もつれが収まるかどうかは誰にもわからない。

時間の領域では、新しい理論や仮説が生まれては消えていく。

技術の進歩は決して遅くはない。

すべての理論や仮説は、常に新しい光をもたらすだろう

しかし、いくつかの疑問に対する答えは、科学や哲学は「わからない」と言うかもしれない。

何が出現しているのか

意識、量子もつれ、パラレルワールドの出現

無からの始まりとしてのビッグバンは、徐々に格下げされつつある。

結論のないダークエネルギー、ブラックホール、反物質の振動

超ひも理論と宇宙の果て、そしてタイムトラベルはまだ不可解である。

人工知能と人間の脳の連結性は興味深い。

神の粒子は我々が考えているほど全能にはなっていない

いつ核戦争が勃発し、人類の文明が沈没するかもしれない。

量子物理学では、愛も憎しみもエゴも生物学的欲求もリンクしない。

男女平等と空がピンク色になるには、あと数千年かかるだろう。

誰も環境やエコロジーに関心を持たず、ウインクを見ることもない。

人間の不道徳は、生物の生態系を完全に変えてしまうかもしれない。

しかし、人間の生活は貪欲、エゴ、嫉妬、自尊心とともに続いていく。

重力、核力、電磁気学は、基本的なものとして残るだろう。

人間社会を維持するために、愛、セックス、そして神が重要な役割を果たす。

太陽系外惑星に到達するための科学技術の進歩は、指数関数的である。

エーテル

私たちの父は、学校や大学でエーテルを勉強したと言っていた。

エーテルについて、彼は多くの情報と深い知識を持っていた。

エーテルは光や波の伝播を説明する上で重要な役割を担っていた。

エーテルは無重力であり、自然界では検出されないと思われていた。

しかし、相対性理論やその他の理論によって、エーテルの将来は絶望的となった。

エーテルの仮説は学校の教科書から消えた。

私たちの物理学の教科書に、父は驚きの表情を浮かべていた。

今ではダークマターとダークエネルギーがあり、エーテルは古い歴史である。

100 年後、ダークエネルギーとブラックホールは同じストーリーを持つかもしれない。

自然界における生命の進化のように、物理学もまた進化している。

いつの日か、私たちのひ孫に、今日の物理学が物語として語られる日が来るだろう。

独立は絶対ではない

独立は絶対的なものではなく、社会、国家によって制限される相対的なものである。

絶対的な独立は望ましくなく、混乱と破壊を招くかもしれない。

自由意志もまた、自然の力や量子の確率に縛られている。

自由意志を持ってある行為をするためには、可能性があることを願うしかない。

確率が低くても、波動方程式は負に崩れるかもしれない。

なぜなら、自然界に存在するすべてのものは、同じ物差しで測れるものではないからである。

私たちの希望は、意識とニューロンを持つ複雑な感情である

波動関数は、環境の制約によって崩壊するかもしれない

これは、私たちの自由意志が光という形の光子を決して見ないという意味ではない

結果や果実が非常にエキサイティングで眩しすぎることがある。

結果や果実は、未来というドメインにおける時間の産物であるからだ。

私たちの目標と義務は、自由意志をもって最善の行動をとることであり、あとは自然に任せることである。

強制進化、どうなる？

ウイルスからアメーバ、恐竜へと進化を遂げた種たち｜theWORLD（ザ・ワールド）｜世界中のサッカーを楽しもう

強大な恐竜は絶滅したが、多くの種が生き残り、前進した。

長い目で見れば、ホモ・サピエンスが誕生し、母なる地球は最高の報酬を得た。

海から陸へ、そして空へ飛び、猿から人へと、ミッシングリンクはあるが

進化は生存のための自然淘汰を通じて行われ、エデンの園で人類を生み出した。

進化は高次の秩序から始まり、無秩序が増大するにつれて後退する。

これは、宇宙のエントロピーが時間の領域で減少することがないからである。

時間は幻想であり、過去、現在、未来の間にはカミソリのように薄い違いがあるかもしれない。

しかし、より良くすること、前進することは、自然が本来持っている性質であり、文化である。

人類の文明においても、火と車輪は農耕の発見よりも先に生まれた。

何百万年もの間、弱肉強食を問わず、生と死はすべての生き物の一部である。

長生きできるのは、一部の樹木や亀や鯨だけである。

科学者たちは、不老不死はホモ・サピエンスだけのものであり、他の生物には当てはまらないと言っている。

不死の王国で、動物の兄弟たちに何が起こるかは誰にもわからない。

不死の人間は、すでに死んでしまった母親や父親を悼むことがあるのだろうか？

若くして死ぬ

自然が人間に与えた百二十年は最適である。

この長寿は自然淘汰の過程を経てもたらされたものである。

人間の寿命を人為的に延ばすことは、自然のプロセスを希釈することになりかねない。

生態系の破壊が起こらないとは誰も断言できない。

ホモ・サピエンスだけに集中し、他を無視する愚かな想像力。

現在の世界を探検するには、百二十年で十分だ。

その年齢になれば、地球という惑星に住む人間にとって、語られないものは何もなくなる。

彼は自分の使命や目標を達成し、自己実現の段階に達するだろう。

彼にとって重要なのは、消費財を買うことではなく、精神主義である。

肉体と精神のバランスを保ち、親しい人との別れは猜疑心を駆り立てるだろう。

世界は今や、旅行や観光で時間をつぶすための小さな場所である。

人類が太陽系外に定住するようになったら、もっと時代が進んでもいい。

太陽系外惑星への旅行中の相対性理論により、肉体的な若さが保たれる可能性がある。

何百万光年も離れた新しい場所に定住するために、心も強く保たれるだろう。

それまでは、より良く、愛し、微笑み、遊び、環境を守り、若くして死のう。

決定論、無作為性、そして自由意志

私は自由意志で十字路のシュートルートを取った。

しかし、暴風雨のせいで、私の車の上に木が倒れてきた。

私の1週間の入院生活は、あらかじめ決まっていたのだろうか？

高速道路で目的地まで進む選択肢もあった。

私の旅が途中で理由もなく止められたのは誰のせいなのか？

日常生活の中で、私たちは何度も混乱する。

もし別の道を選んでいたら、人生はもっと良い状態になっていたかもしれない。

心の迷いのせいで、私たちは自分自身を回避可能な位置へと押しやってしまう。

自由意志もまた、常に私たちに最善の道を与えてくれるわけではない。

自由意志があったとしても、ハイゼンベルクの不確定性原理が唯一の解決策なのだろうか？

物理学の知識があろうとなかろうと、物事は起こるべくして起こる。

最高の自動車運転手も、時には異常な交通事故に遭遇し、死亡する。

帝王切開で母親と新生児を救うために、産婦人科医は常に努力した。

しかし、彼らの努力と経験は無作為に誰かのために機能しなかった

健康な母親が死ぬ理由は、誰にも説明できない。

問題点

自分、家族、地域、町、州、国、世界、宇宙、どこにでも問題は存在する。

二人の人間が一緒に暮らせないこともある。

民族が多すぎる共同家族では、解決できない問題もある。

100 万人に満たない小さな国は、何千人もの人を殺す別離のために何年も戦う。

億の人口を持つ大国は、対立を解決し、障害を取り除きながら前進する。

私たちは毎日、何百万ものウイルスやバクテリアに遭遇している。

生態系と環境の破壊は、私たちの生活にさらなる負担を強いている。

しかし、私たちは変化を受け入れ、問題を解決しようとする衝動は急激なものではない。

人間の DNA と文明の中にある紛争解決メカニズムは非常に適切である。

驚くことに、戦争という問題では、人間のエゴが対立を恒久的なものにしている。

家族は崩壊し、同胞愛は消え去り、欲は急増している。

しかし国家としては、人々はいまだに一体感を示し、目に見えない絆で結ばれている。

量子もつれは、敵同士が天災に見舞われたときに現れる。

戦争中の敵対国は、人類のために協力し合うことができる。

指導者がダミーではなく、自分の心を使えば、紛争の解決は簡単である。

生命は小さな粒子を必要とする

無重力粒子フォトンなしでは生命は不可能

負電荷を帯びた電子がなければ生命は存在できない

炭素、水素、酸素、生命に不可欠な元素の数々

進化と生物多様性なくして、地球上の人類の生活は成り立たない

環境、生態系、生物多様性はすべて壊れやすく、蜂の巣のようなものである。

ホモ・サピエンスは、自分たちが太陽系の王様だと思っていた。

私たちは、他の生物と同じように、私たちの存在もまたランダムであることを忘れている。

変数が多すぎると、気づかないうちにリンゴの馬車は脱線してしまう。

運動量や位置を正確に予測することは不可能である。

予期せぬこと、未知のことは、人間の書き込みなしに起こりうる

私たちの人生の過去と未来さえも、私たちの手に負えるものではない

地球上の生命は、ガソリンやパトロールよりも不安定である。

愛、兄弟愛、幸福、喜びは、私たちが簡単に作り出せる。

世界を美しく天国のような場所にするために、私たちは小さな痛みを負わなければならない。

そうでなければ、恐竜のようにこの世界から追い出される。

痛みと喜び

快楽と苦痛は人生の切り離せない２つの要素である

相対性ともつれは存在のあらゆる領域で働く

身体の痛みは表情に表れる。

また、心の痛みは、たとえ隠していても身体に反映される。

心と身体の関係は、生命が生きるために完璧に絡み合っている。

物質という肉体がなければ、心は存在しない。

しかし、心がなければ、原子の山は、それ以上、それ以上のことはできない。

物質エネルギーの方程式は非常にシンプルだが、実行するのは難しい。

心身のもつれもまた、異なる波形の可能性がある。

心身のもつれを通して私たちが現れるのもまたランダムである。

自然界は、物質をエネルギーに変換する簡単な方法を知っている。

だからこそ、星、銀河、宇宙、そして私たちがこの惑星に存在しているのだ。

生物には、物質をエネルギーに変換するメカニズムが備わっている。

人類の文明がこの単純なトリックを発見できるようになったとき

光合成のためのクロロフィルは、私たちの遺伝子の一部となるだろう。

物理学の理論

貧乏人と金持ち、持てる者と持たざる者
物理学の法則は、すべての人に等しく適用される
すべての生き物にとって、リンゴは必ず落ちる。
リンゴの木が背が低くても、高くても。
クリケットであれサッカーであれ、重力はすべての競技に同じである。

物理学の素晴らしさは、決して差別しないことだ。
常に区別しようとする法則とは違う。
自然は単純であり、自然の法則もまた単純である。
人間の頭脳がいかに単純に理解できるかが、論理の本筋である。
自然の法則を理解するには、脳を鍛える必要がある。

物理学の仮説のほとんどは、まず計算によって導き出されたものである。
そうすれば、ある自然現象について簡単に説明できるようになる
理論が実験で検証され、間違っていることが証明されると
人類の文明から捨てられた。
真の理論は実験に耐え、強固なものとなる。

何が起ころうと、起こったことは起こった

私たちの自由意志とは関係なく、物事は違った形で起こる。

何が起ころうと、それを覆す選択肢はない

物事や事件は、起こるべきときに起こるものだ。

現実を受け入れるしかないのだ。

今のところ、テクノロジーは私たちを過去に戻すことはできない。

物理学によれば、過去、現在、未来に違いはない。

3つの領域すべてにおいて、時間は同じ性質と特性を持っている。

しかし、私たちの脳は事象の地平線の光速で配線されている。

時間と呼ばれる幻想は、私たちの瞬間的な位置を決定することしかできない

多くの宗教が、人生は幻想だと考える理由もここにある。

古典力学にも量子力学にも説明がつかない

同じDNAコードを持つ2人の人間の感情表現が異なる理由

もし時間が幻想で、私たちが3次元ホログラムの中で生きているとしたら

では、誰がどのようにしてこのような大きなプログラムを作ったのかが問題だ

しかし、現実には、私たちの自由意志を強制的に実現させるための解決策はない。

なぜ感情は左右対称なのか？

貧しかろうが富もうが、成功しようが失敗しようが、すべては基本粒子の山である。

強大な王の体内の原子は、彼の臣下と変わらなかった。

感情は人種に関係なく、同じ喜び、幸せ、涙をもたらす。

イエスが十字架につけられたとき、彼の肉体の痛みは他の人と変わらなかった

宗教の名において、国家の名において、なぜ私たちは他者を殺すのか、誰にもわからない。

動物の感情もまた、同じパターンで対称的である。

人間が快楽のために人を殺すとき、その感情は知的なものではない。

人間は、宇宙のすべてが同じ物質でできているとは考えもしなかった。

だからこそ、イエスの磔刑は重要であり、文明にとっては周辺的なものではないのだ。

人間が生きていくためには、愛、憎しみ、怒りといった感情は理性的でなければならない。

私たちが生命の対称性を忘れ、他人の痛みを感じないとき

イエスの犠牲は無駄になり、私たちの人生は狂ってしまう。

粒子が非対称になれば、道徳も倫理も人間性もすべて崩壊する。

物理学、哲学、科学の理論はすべて仮説となる。

この世に生きとし生けるものが存在するためには、類似性ではなく、対称性が不可欠である。

深い闇の中で、また我々は進む

人生の深い闇に足を踏み入れるとき
私は握力を強めようとする
道は滑りやすく動けない
杖は祈りよりも大切だ。
それでも祈りは蛍のように道を示す
前へ進むために、私は毎晩努力する
夜が昼になることはない
それが自然の法則だ
暗闇の中、私はさらに進まなければならない
落下による怪我を恐れるのは自然なことだ
旅の終わりに崖から飛び降りるのは異常だ。
私たちは遺伝子の奴隷であり、本能の奴隷である。
暗闇の中でも前進し、生きることが基本だ。
だから私は先へ先へと進む。
しかし、深い暗闇の中でじっとしていることは解決策にはならない。

存在のゲーム

観測者と基本粒子の動的平衡が重要

視覚と有性生殖を持たない下等動物にとっては、別の宇宙が存在する。

彼らは、感覚メカニズムを持っているにもかかわらず、美しい世界の多様な美しさに気づいていない。

世界や銀河に対して、下等生物は異なる仮定を持っているかもしれない。

しかし、彼らもまた宇宙の観測者であることは、二重スリットの実験が証明している。

たとえ目が見えない人間であっても、世界に対する認識は異なるだろう。

想像力を働かせ、人の話を聞くことでしか、宇宙は広がらない。

昔、補聴器をつけなかった耳の不自由な人は、世界は沈黙していると思ったかもしれない。

6 人の盲人が象を訪ねたという話は、単なる物語ではなく、非常に適切なものである。

目に見える世界と目に見えない世界のすべては、量子もつれによって不思議なつながりがある。

私にとっては、死んでしまえば宇宙は存在しないが、先祖にとっては、すでに宇宙は存在しない。

観察もまた、空間、時間、物質、エネルギーの存在のための双方向のプロセスである。

私がいなければ、私にとって、宇宙が膨張しているのか収縮しているのかさえもわからない。

私がどんなに小さくても、宇宙は、私がその領域に存在する限り、私を観察することもできる。

私が去った後、宇宙が私のために存在しようが、私が宇宙のために存在しようが、それは同じである。

自然淘汰と進化

自然淘汰と進化は、常に最適化と最高の達成のためにある。

しかし、ホモ・サピエンスが進化した後、自然は長い休息をとっているようだ。

破壊と建設の技術は、人間が設計し開発したものだ。

私たちは飢餓をなくすために遺伝子組み換え食品を開発したが、鳥インフルエンザによって雌鳥を屠殺せざるを得なくなった。

核技術はエネルギー供給のためであり、世界の破壊のためでもある。

ある日突然、核のボタンが開かないとは誰も保証できない。

自然は人間の頭部を 4 つの目と 4 つの手で左右対称に作ることは容易であった。

そうすれば、ブルータスのような裏切り者は、人類の文明から永遠にいなくなっただろう。

つの目と 2 つの手を持つ 1 つの頭というのが、自然の最高最適レベルなのかもしれない。

人間の生理的構造をこれ以上発達させることは、自然には支持されない。

遺伝子工学者や人工知能がそれを行うべきかどうかは、もはや倫理的な問題である。

しかし、シュレーディンガーの猫を箱の中に入れておくとしたら、人類はどのようにして論理的な解決策を得るのだろうか？

物理学と DNA コード

物理学と量子力学は道徳と倫理をどう説明するか

これらは人間が生きていく上で重要であり、感情表現は基本である。

道徳、倫理、正直さ、兄弟愛がなければ文明は成り立たない。

ランダムな量子軌道における人間の生活は、悲惨で恐ろしいものになるだろう。

力こそ正義となり、法律だけで人殺しを止めることは不可能となる。

人間の生命は、生物学で説明できる以上に複雑である。

どの経典にも、私たちが猿からどのようにして人間になったのか、年表付きの歴史はない。

それでも、がんの予防・治療薬を発明することはできない。

遺伝学と人工知能は、この世から永遠にすべての病気を取り除くことができるのだろうか？

現実の真実に近づくにつれ、答えよりも疑問の方が多くなる。

生命の不確実性は、私たちの DNA に恐怖と迷信のコードを書き込んだ。

生と死の理由、科学的理論では、証明された解決策はない。

超自然的な力に対して、不確定性原理はむしろ確信を強める。

物理学の理論に沿った私たちの信念に鞍替えする選択肢はない。

DNA コードを変える証明された神の方程式がなければ、宗教は栄え続けるだろう。

現実とは何か？

現実とは、私たちの臓器で見たり感じたりできる物質的な世界だけなのだろうか？

それとも宗教が説明するような幻想（マヤ）に過ぎないのか？

量子物理学や基本粒子は、その位置における実際のプレーヤーなのだろうか？

では、私たちの意識や人間の感情についてはどうなのだろうか？

さて、物理学でも、量子宇宙では私たちは局所的な実在に過ぎないとしている；

生命の目的、意識、魂、そして神については、物理学ではまだ解明されていない。

私たちの経験と文明の教えは、常に私たちの倫理観を発展させる。

現実はダイナミックで、子供、若者、死にかけの男では異なる。

しかし、愛、憎しみ、嫉妬、エゴ、その他の感情は遺伝子コードである。

これらの資質や本能、教えや経験もまた、侵食することはできない。

現実もまた、不連続な量子粒子のようなパケットになっている。

意識、不連続性がなければ、この世界での生活は成り立たない。

もし現実が幻想だとしたら、私たちは誰かによって作られたホログラムの世界に生きていることになる。

科学もまた、この現実の概念が完全な不合理ではないと言っている。

パラレルワールドが確認されるまでは、愛と兄弟愛と共感をもって、この世界を生きよう。

対抗勢力

毎日が幸せであることが人間の生きる目的なのか
それとも、快適さや苦痛を減らすことだけが目的なのか？
長生きして富を築くことがすべての目的なのか。
それとも、美と真理を探求することなのか。
そのどれにも人間は反対できない。

物質的な生活を捨てて僧侶になったとしても
痛み、病気、苦しみが訪れ、ホンクを強要されるかもしれない。
僧侶や悟りを開いた伝道者にも、飢えがある。
人々は再び普通の生活に戻り、離俗は間違いだったと言う。
雲と雷のないところに雨は降らない。

自然の基本的な本能の一つは、多様性を促進することである。
多様性がなければ、人間も繁栄は望めない
陽子と中性子があれば、電子もまた連帯しなければならない。
人間の感情もまた、対称性なしには成り立たない
人体内の生命は神秘的であり、補完的である。

時間の計測

時間は幻想であり、それを知るために時空間領域と呼ばれている。

今この瞬間の存在は非常に名目的なもので、測定に依存している。

計測は、秒、マイクロ秒、ナノ秒、あるいはそれ以上かもしれない。

過去、現在、未来は重なり合い、現在の人間の頭脳では理解できない。

物理学では、過去現在未来に違いはなく、スピードが重要である。

時間はエントロピーを通じて熱力学的に均衡を保つための自然の性質かもしれない。

あるいは、波動関数の崩壊を通して、崩壊や死を顕在化させるためのプロセスかもしれない。

惑星が太陽を回転し始める前の太陽系には、時間はなかった。

物質も、エネルギーも、基本粒子も、波動も、時間こそが本当の面白さなのだ。

生き物の感情や基本的な本能のように、時間はとらえどころがない。

空間、時間、重力、核力、電磁気学は、完璧に混ざり合っている。

物理的領域における時間を他の自然的性質から分離することは不可能である。

現在の時間測定システムは、人為的に作られた時間表にすぎない。

相対性理論も、もし本当に物理的に存在するならば、平行宇宙との相対性理論になる。

脳の理解と時間の計測は、まったく別のものかもしれない
。

コピーではなく、自分の論文を提出せよ

原子のように、誕生した瞬間に、過去、現在、未来がすべて統合される。

誕生後、人生は瞬時に不安定な電子の軌道のようにランダムになる。

人生が進むにつれて、さまざまな色を放つ虹の泡のようになる。

また、敗走する捕虜のように、ゆっくりと死の谷へと向かう。

再び、過去、現在、未来が統合され、生命はパイオニアとして終焉を迎える。

死後は物質、エネルギー、時空間の意味がなくなるため、世界を観察するために観察者が存在しなければならない。

統一された瞬間から瞬間まで、生命を生き生きとした意義あるものにすることが、プライムである。

観察者が去ってしまえば、すべてのものは非物質的であり、何の意味もない。

苦痛、快楽、エゴ、幸福、お金、富、すべてが消え去り、バラバラになる。

点と点が重要であり、人生から、愛、幸福、喜び、陽気さは切り離せない。

スティング理論が説明するように、人生が振動だけであるならば、誰かがギターを弾いているのかもしれない。

確かに同じ曲だが、永遠の音楽家は永遠に私たちのために演奏することはない。

自分が存在する限り、その曲に合わせて完璧に踊り、楽しもう。

自然な流れは、どんなダンサーも避けることはできないし、その結果に抗うこともできない。

自分のイキガイに従って曲を楽しみ、最後に素晴らしい論文を提出しよう。

人生の目的は一枚岩ではない

基本粒子のランダムで無目的な存在の中で

自分の人生や経験の目的を見つけるのは、それほど簡単でも単純でもない。

前に進もうとする瞬間には、内的・外的な抵抗がある。

心は電子のようにランダムに動き、重力はすべての動きを引っ張る。

生物学的欲求を満たすために、私たちは衣食住の確保に追われる。

私たちの祖先が、火や車輪や農耕を著作権に縛られることなく発明したのは良いことだ。

そうでなければ、進歩や文明は多様でカラフルなものではなく、水密なものであっただろう。

古い文明の時代でさえ、一部の人々は肉体的な必要性を超えた人生の目的を心配していた。

そこで、社会と人類のために、人間の欲のバランスをとるための仮説や哲学を立てた。

しかし現在に至るまで、生きること以外の科学や哲学は、人間の生きる目的を特定することができないでいる。

私たちの多くにとって、人生の目的とは、美と真理を探求し、自らの目的を見つけることである。

私たちの存在は理由のない幻想かもしれないが、私たち自身の物語は、美しく構成することができる。

最後には、目的を見つけることができてもできなくても、死の法則に従わなければならない。

愛と慈しみをもって人生を楽しみ、自分の信念をもって世界を旅するほうが幸せだ。

人は孤島ではなく、人間の生命は絶え間ない進化を遂げている。

木には目的があるのか？

単体の木は、本質的に低い意識しか持たないが、何か目的があるのだろうか？

動くことも、話すこともできず、愛やエゴや憎しみといった感情もない。

必要なのは生きるための食物だけで、それも原料である空気、水、日光は無料で手に入る。

光合成によって葉緑素を作り、木として立つ。

利己主義はない。ただ、生きて将来のために子孫を残そうとする本能があるだけだ。

しかし、生態系の中では、樹木全体が他の動物にとってより大きな目的を持っている。

鳥や昆虫でさえ、樹木よりも高い意識を持っているかもしれない。

しかし、樹木がなければ、鳥たちは食べ物も隠れ家もなく、呼吸に必要な酸素も得られない。

原子の集合体であるゾウという高次の動物は、ジャングルがなければ生きていけない。

全体として、木々を囲んで一緒に生活することで、他の生き物の生存を可能にしている。

最高レベルの意識を持つ私たちホモ・サピエンスも、同じように樹木に依存している。

しかし、私たちの意識は、至高の動物である私たちに、木を伐採する自由を与えている。

知性と技術によって、私たちは自分たちの生態系を作ることができる。

酸素パーラーを備えたコンクリート・ジャングルは、常に好ましい、より良いシェルターである。

進化において、樹木は私たちよりも先に来ており、私たちに目的があるのなら、樹木は他人ではない。

オールド・ウィル・リメインズ・ゴールド

人類の文明を変えた火と車輪と電気は、今でも最も重要な発見である。

生活の質を高め、科学技術や文明を進歩させるために、それらは全能である。

現代文明にとって、それらは酸素と水のようなものであり、それなしには生命は存在できない。

現代文明の三位一体は、新しいテクノロジーに関係なく、常に存続する。

電気がなければ、現代の必需品であるコンピューターもスマートフォンも滅びる。

文明も進化の道をたどり、最も重要なものが最初に発見される。

しかし、その重要性は、人間にとっては空気のように目に見えない。

調理用ガスボンベが空になり、火がないとき、私たちは火の大切さを感じる。

着陸時に飛行機の車輪が出なかったとき、私たちが感じる緊張感は稀なものである。

電気がなければ、世界中が止まってしまう。

古いものは金であり、さらに多くの発見や発明に応用できる
。

しかし、抗生物質や麻酔について考えてみよう。

コンピューターやスマートフォンは、今や人気の絶頂にあり
、無力だと思われている。

しかし、それらは文明と人類にとって究極で最良の解決策で
はない。

何か新しいユニークなガジェットや技術を、遅かれ早かれ、
科学者たちは見つけるだろう。

未来への挑戦

文明の歴史は戦争、破壊、殺戮に満ちている。

しかし、あらゆる人災を乗り越えて、文明は止まっていない。

自然災害は、過去に栄えた多くの文明を破壊した。

しかし、進歩への勢いは衰えることなく、より質の高い生活を求め続けてきた。

数百万人を虐殺した悪い王もいれば、ソロモン王のような賢い王もいた。

すべての発見や発明は、ブラックボックスから抜け出した人たちによってなされた。

ある日、人類は天然痘のような多くの殺人病を根絶できるようになった。

現代の物理学は、ガリレオとニュートンの想像力から始まった。

知識よりも想像力が重要である、とアインシュタインは人類に言った。

想像力を駆使して宇宙を研究するために、科学者たちは努力を惜しまない。

量子物理学の新しい世界は、現実を説明する美しい詩のように生まれた。

量子力学はまた、人類の文明に無数の可能性を開いた。

しかし、私たちは時間、空間、重力について、答えよりも多くの疑問を持っている。

新しい人々は、自然を知るために新しい仮説や理論を思い描き、新しい実験を行っている。

同時に、生態系、環境、生物多様性のバランスをとることは、未来への大きな課題である。

美と相対性

海、山、川、滝など、世界は美しい。

木々、鳥、蝶、花、子猫、子犬、虹は自然の宝庫だ。

しかし、美しさは絶対的なものではなく、自然を観察する人次第である。

美に対する感覚は、世代や文化によって変化する。

だからこそ、美とは相対的なものであり、最も重要なことは、観察者が存在しなければならないということである。

意識を持ち、見る目と感じる脳を持つ観察者がいなければ、美は意味を持たない。

人間にとっても、海の底の未踏の美は重要ではない。

自然の美を享受するのは個人の自由であり、女性であっても、誰かにとっては美しいかもしれない。

だからといって、男性のホモ・サピエンスがハンサムでないということにはならない。

男性と女性では、美の定義が異なる。

動的平衡

母なる地球が動的平衡に達するには数百万年かかった

地球と進化が始まって以来、自然は振り子のように動いてきた。

世界の気候が動的平衡状態に達し、前進したとき

進化の過程で、人間という知的動物が誕生した

人間は進歩や繁栄という独自の概念を持ち始めた

自然の景観、環境を気まぐれに汚した。

丘陵は平原に切り開かれ、水域は住居となった。

森林は草木を刈り砂漠化した。

川はせき止められ、植生を沈める大きな湖になった。

水循環の動的平衡が崩れ始める

地球温暖化が気候を不安定な変化へと押しやっている。

人間自身が引き起こした汚染は、今や許容範囲を超えている。

洪水、氷河の融解、冷たい嵐が大混乱を引き起こしている。

ダイナミックな均衡を回復するために、ホモ・サピエンスは新たなテクノロジーを解き放つべきである。

誰にも止められない

誰にも止められない、誰にも邪魔されない

私の精神は不屈であり、私の態度は前向きである。

空も地平線も制約要因ではない

私自身が私の映画の俳優であり、監督でもある。

ハードルは昼と夜のように行ったり来たりする。

しかし、私は人生のどんな戦いにおいても、敗北を受け入れたことはない。

リングの上で窮地に立たされることもあった。

それでも私は、持てる力のすべてを振り絞って立ち直った。

かつては私を狂気の沙汰だと笑った人々も

日々の糧を得ようとして、今も忙しくしている。

もし私が彼らの言葉に耳を傾け、負けを認めていたら

今日、泥の上に倒れても、それが私の運命だと言っただろう

。

完璧を求めず、向上心を持って取り組んだ

どんなことでも、自分の創造物でも、完璧であろうとしたことはない。

完璧は目的地ではなく、継続的なプロセスである。

自然のバラを超えるバラは誰にも作れない。

自然もまた、進化を通じて完璧を目指す旅の途中にある。

何十億年経っても、自然はより良くなるために動いている；

完璧さだけに集中すると、動きが鈍くなる。

手元にある宝石だけに集中し、それを完璧な王冠に磨き上げる。

私たちは人生で多くのことを見逃し、旅の間に多様な森も見逃してきた。

完璧を求めると、視野が狭くなり、人生の幅が狭くなる。

より良くするために練習すれば、制限なく完璧に近づける；

ベンチマークは、絶対的なものではなく、ベストを目指すものである。

変化は、何の前触れも前触れもなく、刻々と起こっている。

自然の法則と衝動は、変化し、明日をより良くすることである。

完璧を目指せば、真実と美を求める旅は終わる。

人生は意味を持たなくなり、宇宙もまた違う種類のものになるだろう。

先生

師弟のもつれは量子もつれのようなもの

良い教師と生徒の関係は永続的である。

尊敬は、教師の人格と質の高い教えから生まれる。

良い教師から学んだことは、いつまでも私たちの心に残る。

先生の日には、私たちが敬愛する素晴らしい先生方を偲ぶ。

教師への尊敬は、生徒に押し付けたり強制したりすることはできない。

人格、振る舞い、教え方の質がより重要である。

教師が感情的、個人的な問題を抱えたときの友人になるとき

生徒にとって、生涯、教師はその象徴であり続ける。

愛と尊敬は双方向のプロセスであり、すべての教師のエレムの中に存在しなければならない。

幻想的な完璧さ

完璧を追い求めるのは難しい。

蝶を追いかけて、その羽を傷つけてはいけない。

昨日より今日を良くするのは簡単なアプローチだ。

やがて完璧なレベルに到達する。

一歩一歩、完璧に向かって練習するのだ。

浜辺で家族と遊ぶことも大切だ。

そうすることで、モヤモヤが取れ、練習がはかどる。

ある日、あなたは砂浜で美しい蝶が飛んでいるのを見つける。

新しいものを完璧に創造することが、あなたの核となる。

人々はあなたの成果を評価し、あなたの前に立ちはだかるだろう。

コア・バリューにこだわる

私は常に自分の原則と核となる価値観に忠実である。

だから、逃したもの、得たものに後悔はない。

真実と正直さ、たとえ最悪の状況であっても、私は決して見捨てない。

コミットメントのために、私は破産することを選んだ。

詐欺的な手段で他人を欺くよりは

私の経済的損失は、長期的には私の利益であることが証明された。

真実、正直さ、コミットメントは、雨の日に傘をさしてくれた。

人々は私を知らずに、私の軟弱さを利用した。

しかし長い目で見れば、私は断固として立ち向かった。

私の価値観が彼らを支持しないとき、人々は行ったり来たりした。

忍耐と笑顔で、私は自分の道を進む

空っぽの胃袋で、人を責めずに空の下で眠ったとき

見えない力が、父のようにいつも私の後ろにいる

正直、誠実、正直はロケット科学ではない

私たちの意識と良心として、それらを絡め取らなければならない。

お金や富では測れない価値観

すべての価値観は私とともに生き、死後も私と共にある。

死の発明

死の発明あるいは発見は、ホモ・サピエンスの最初の発見なのだろうか？

文明の進歩において、死は火や車輪よりも重要である。

時間の制約が人類に不死への挑戦を促した

ついに人類は、不老不死になろうとする努力はすべて無駄だと悟った。

文明は、死が究極の現実であることを悟り、前進した；

ブッダ、イエス、そして真理の伝道者たちはみな、他の人々と同じように死んだ。

彼らはまた、この世のすべては死を除いて非現実的であると説いた。

平和と非暴力は人類にとって戦争よりも重要である。

しかし、戦争のない文明からホモ・サピエンスは遠ざかっている。

今また、人類は不老不死を求め、星に移住しようとしている；

死という現実を知ってもなお、人々は争っている。

種としての不老不死は、人類にとっては統合不可能である。

核兵器を手にすれば、人々は自らの死を忘れるだろう。

生きとし生けるものすべてが破壊されることが、いつか私たちの運命となるかもしれない。

数百万年後、戦争と憎しみを完全に根絶する種が現れるだろう。

自信

自信は自尊心をもたらす。

自信がなければ、夢を実現することはできない。

自信があれば、知識と知恵がよりよく働く

あなたの努力は、あなたを夢へと一気に押し上げる。

夢は、将来、あなたが動いたときに現実になる。

執念と忍耐は自信とともにある

決意があれば、どんな抵抗も簡単に乗り越えられる

夢はどんどん大きくなる

あなたの姿勢、一歩一歩、ただやることが引き金になる

あなたのマインドセット、パフォーマンス、結果、すべてが永遠に変わる。

私たちは無礼なままだった

時間の領域を遡るように

すべてが完璧ではなかった。

ホモ・サピエンスの出現は大きな飛躍である。

その後、何千年もの間、自然はゆっくりとしたプロセスを続けてきた。

時には、目に見える、耳に聞こえるビープ音があった

ホモ・サピエンスに期待し、他の人のために進化し、永遠に眠る

世界は知的な人間の領地となった

快適さと喜びのために、彼らは多くのことを発見した

しかし、自然のプロセスが多くの種族を土俵から押し出した。

自然の力はホモ・サピエンスの手に負えないままだった。

そのため、自然の力を抑えるために、人類は辞任を余儀なくされた。

自然の力を制御する代わりに、人間は多様性を破壊した。

生態系と環境はその美しさと多様性を失った。

同胞であるホモ・サピエンスさえも殺戮されるようになった。

十字軍や世界大戦は無差別に行われ、何百万人もの人々が殺された。

イエスは平和と真理を教えようとしたために、はるか昔に十字架にかけられた。

しかし、自然、環境、生態系、そして人類に対して、私たちは無礼なままである。

なぜ我々はカオスになりつつあるのか？

平和、平穏、統一、そして一つの世界秩序は不可能である。

その理由は熱力学の法則にある。

無秩序な宇宙から秩序に向かうためには、エントロピーを下げなければならない。

しかし、エントロピーの法則は、最も重要な王冠の一つである。

基本粒子を秩序あるものにするためには、時間を逆行させなければならない；

物理学では、過去、現在、未来に違いはない。

物理学では、過去、現在、未来に違いはない。

現在というのは、ミリ秒、マイクロ秒、ナノ秒かもしれない。

このような観測を行う観測者の存在の方が重要である。

黒いエネルギー、反物質、その他多くの次元は、依然として全能である。

すべての次元を知らなくても、ブラインドが象を説明するように宇宙を説明することはできる。

しかし、究極の真理を簡単に説明するためには、すべての未知の次元が重要である。

量子の確率もまた、時空、物質、エネルギーという無限の領域における確率である。

目に見えないすべての次元を説明し、理解することができなければ、物理学はどのように相乗効果をもたらすことができるだろうか？

たとえ光速の閾値を越えて銀河系に向かい、すべてを知ろうとしても

我々が戻る前に、太陽系は必要なエネルギーの不足のために崩壊し、落下するかもしれない。

生きるべきか、生きざるべきか？

科学者や研究者は、人類の不死が近いことを予測している。

人工知能によって技術ブームが起こる

人間の肉体的な苦痛や苦悩はなくなる。

何もしなくても、喜びと楽しさに満ちた人生が待っている。

将来のために投機的な株式市場に投資する必要がなくなる。

ロボットが作る料理は、天と地ほども違う味になる。

肉体もスポーツも娯楽もせいぜいである。

人々は仕事と休息の違いを理解できなくなる。

科学者たちは、定年が何歳になるかを予測していない。

すでに定年を迎えた人々はどうなるのか？

愛、憎しみ、嫉妬、怒りといった人間の感情についての予測はない。

体が丈夫になるにつれて、喧嘩や肉体的な争いが増えるのだろうか？

生きるか生きないかは個人に委ねられるべきで、死ぬことを止める法律はない。

しかし、不老不死になっても、きっと別れや悲しみはあるだろう。

拡大写真

この宇宙での私の役割は何なのか？
納得のいく答えのない難しい質問
自分の存在目的について答えるのは、もっと難しい。
科学や哲学には、私を納得させる具体的な答えはない。
私は前進し、最後まで一人で探求しなければならない。
真実の探求に誰も付き合ってはくれない
私の親友を含め、誰もが違う道を選んでいる。
私の経験や信念は誰にも変えられない。
しかし、生物学的な脳の記憶を完全に消し去ることは難しい
。
明確な理由も原因もなく、いつでも再発する可能性がある。
私の信念、知識、知恵が、人生の理由を見つけない限り。

視野を広げる

心の地平線を広げ、無限の宇宙と可能性を見る

自分のブラックボックスやコンフォートゾーンを飛び出せば、現実が見えてくる。

双眼鏡でも望遠鏡でも、無限の宇宙を感じることはできない。

地平線を超えるビジョンを吹き込むことができるのは、人間の想像力である。

目はただ対象を見ることができるが、脳は科学的な理性でしか分析できない。

幼いうちに心のオウムを檻の外に出しておかないと

周囲の人を楽しませるために、わずかな言葉を繰り返すだけだろう。

色眼鏡を外した先に目を向けるように心を広げると、あなたは驚くだろう。

銀河、彗星、そして人生の現実を見つめる視野がクリアになり、自分の人生をガーゼで包むことができるようになる。

自然を理解する本当の知恵を持てば、あなたの足跡、未来はトレースされる。

ブラックボックスの鍵はあなたの手の中にあるのだから。

砂の上に転がっている鍵から、古くからの教えや宗教的偏見の埃を取り除くだけでいい。

もしガリレオが長い年月を経て、あなたの人生を変えることができたなら、あなたは簡単に変わることができる。

あなたの人生、あなたの知恵、あなたの道は、誰もバラ色にしようとはしないし、理解しようともしない。

この惑星でのあなたの時間は限られているので、早くあなたが実現し、必要に応じて人生を曲げる与える、行動することは良いことです。

私は知っている。

私が死んでも、誰も泣かないかもしれない。

だからといって、人を愛することをやめようとは思わない。

私は、自分の死後にワニの涙のために働くために生まれてきたわけでも、生きてきたわけでもない。

むしろ、私は人々を愛し、彼らの心の中で生きていく。

私の寛大さと助けは、誰かが黙って覚えていてくれるだろう。

だから、人々と人類に良いことをすることが、私の優先事項であり、賢明さなのだ。

私利私欲のために、利己的な人々の偽りの賞賛はいらない。

罪のない街頭犬や動物たちを助けるほうがいい。

二酸化炭素排出量を減らし、木を植えることでさえ、より良い影響を与えるだろう。

私の愛と慈善は、見返りを求めたり、何かを期待したりするものではない。

兄弟愛を広め、平和な環境をもたらすためだ。

憎しみと暴力を社会の土俵から追い出すために。

いつの日か、すべてを愛し、誰も憎まないことが王となるだろう。

目的と理由を探すな

私たちは、ある目的のために、希望も自由意志もなくこの世に生を受けた。

しかし、私たちの誕生は、息子、娘、姉妹、後継者という多目的なものだった。

親や社会は、先祖が発見したことを学ぶために、私たちの目的を固定する。

知識、技術、知恵を求めて、私たちの人生は多目的になる。

結婚し、子供ができると、核となる家族が私たちの宇宙となる。

若い頃は、人生の目的や意味を考える余裕がなかった。

物質的なことを達成し、よく食べ、よく眠ることが、私たちにふさわしい最高の目的なのだ。

年老いてくると、自分の存在の意味を考えるようになる。

人生の目的や顕現の理由については、共鳴を聞くことはない。

ほとんどの人は、目的も理由もわからないまま、幸せに死んでいく。

目的や理由を探し求めるわずかな人のために、人生は蜃気楼や牢獄と化す。

自然を愛する

私たちが自然からますます遠ざかっていくにつれて

私たちは生活の中で、多くの現実とあまりにも多くの宝物を見逃している。

クーラーの効いた都会での生活だけが私たちの未来なのだろうか？

私たちは他の生物の生息地のために森林を守ろうとしている。

しかし、私たちの楽しみのために自然や生態系を破壊している。

文明が始まって以来、人々は自然と共に快適に暮らしてきた。

しかし、高層ビルやスマートフォンの発達はそれを一変させた。

私たちは、家で座っているより多くのカロリーを摂取し、その後、スポーツジムにお金を払うようになった。

ファーストフードや不健康な食べ物を食べ、何百万人もの人々がカルシウム不足に苦しんでいる。

現代の都市で保険料を払って 100 年暮らすことの何が楽しいのか。

私たちは老後の快適さと安全のために働きすぎている。

しかし、幻の未来のために、檻の中で現在を台無しにしていることを忘れている。

今となっては野蛮人だと思われている曽祖父の暮らしの方がよかった。

現代のテクノロジーと自然とのバランスをとるには、勇気が必要だ。

数十年の昏睡状態は、現実の人生ではなく、空白の時間なのだ。

ボーンフリー

私たちは生まれたとき、目的も目標も使命もビジョンもなく、自由に生まれてきた。

私たちのあらゆる動きには、両親、家族、社会がさまざまな押し付けをする。

私たちの意識は、周囲の環境から生まれる。

価値観も遺伝的なものではなく、親や教師が与えるものである。

私たちは自由に生まれてくるが、蜂の巣の中で生まれたように、言語、信条、宗教を自由に選ぶことはできない。

私たちの心は、恐れや猜疑心を抱きながら成長し、共通の目標のために制限された思考をするようになる。

あまりに多くの分裂が私たちの考え方に影響を与え、私たちは一歩一歩、多数派の要求に従って進まなければならない。

私たちは生まれながらにして自由であるが、生存のための本質的な欠陥のために、自由に成長する余裕がない。

ホモ・サピエンスは遺伝的に群集心理を持ち、社交的になるように仕向けられている。

そして、カースト、信条、肌の色、宗教の名の下に、政治的になることを余儀なくされる。

成人して市民になると、自由意志を持つことができる。

ゲームのルールに従わなければ、私たちのいわゆる自由はいつでも、社会から封じられる。

私たちは生まれながらにして自由だが、その自由は制限のない自由ではなく、誰もが従わなければならない。

社会や国家の意向に反して過激なことをすれば、自由の泡ははじける。

心の自由は、あなたが恐れを知らず、自分自身の信頼を持っているならば、境界は少なく、無限である。

私たちの寿命は常に順調

私たちの人生の寿命は常に順調である。
時間通りに仕事を始め、食事をする。
週末は友人とワインを楽しむ
自分の時間を唯一の資源として使う。
死ぬ前に、私たちは必ず輝く；
学生時代、私たちは相対性に気づかなかった。
時間はなかったし、親の言うことも聞かなかった。
雨の日も、空には虹しか見えなかった。
65 歳を過ぎて定年退職し、一人暮らしを始めると
相対性理論は自動的に私たちのホルモンにやってくる；
人生は短くなく、時間はとても速いと言うだろう。
いつまでも孤独な惑星の領域で、私たちは長続きしたくない
。
人生という劇の中で、誠意をもって、私たちの役を演じよう
。
健康も、臓器も、運動能力も、心も、錆びつき始めるだろう
。
いつか、私たちは墓地で埃をかぶりつつ眠るのが幸せになるだろう。

私は悪くない

誰かが私を憎んでいる、それは私のせいかもしれない

誰かが私に腹を立てれば、それは私のせいかもしれない。

しかし、もし誰かが私を妬み、嫉妬するなら

それは私のせいではないかもしれない。

それでも、私はすべての憎む人を愛し、微笑みかける。

私は決して優越感を感じないが、劣等感を感じるのは彼ら自身のせいだ。

彼らは無益な知的攻撃を試みた。

しかし、復讐することも許すこともしない。

他人を喜ばせるために、自分の進歩や動きを止めることはできない。

それは私の創造性と前進する精神を永遠に殺すことになる。

だから親愛なる友人たちよ、私は後悔していないし、後戻りすることもできない。

私は人類のために愛していることをしているのであって、あなたの賞のためにしているのではないのだから。

早寝早起き

早寝早起きは人を健康にし、富ませ、賢くする。

この俗説は本当か嘘か、正確な科学的データはない。

しかし、目覚まし時計が鳴るまでの5分間は、その日のために非常に重要である。

目覚ましを5分遅らせようと考える前に、よく考えてほしい。

その5分は、間違いなく2時間にも3時間にもなる。

一日の活動を始めるのが遅れると、あなた自身が叫ぶことになる。

今日やるはずだった仕事は、明日に延期される。

翌日、同じ5分間が、あなたにさらなる重圧と悲しみをもたらすだろう。

分という時間は、ゆっくりと日になり、週となり、月となる。

季節はいつもと同じようにやってきて、静かに去っていく。

友人たちと楽しく新年を迎える。

早寝早起きをして、目覚ましを止めないようにしましょう。

人生はシンプルになった

食事、会話、スマートフォン・サーフィン。

賑やかなショッピングモールや街角でも、庶民的な料理店でも、同じ光景が広がっている。

テクノロジーは私たちのライフスタイルや表現方法をすっかり変えてしまった。

しかし、パラダイムの倫理的な変化に対して、テクノロジーは何の解決策も持たない。

人間は個人主義になり、自己中心的になる。

新しい文明の耳には、ホモ・サピエンスとともにすべての種が入り込んでいる。

重力やその他の力に逆らって動くためのエネルギーの必要性は変わらない。

基本的な本能である飢えと欲望は、科学技術では飼いならすことができない。

生と死、生存とより良い生活のための闘い、それは今でも同じゲームである。

テクノロジーはシンプルな生活のための連続的なプロセスであり、その混乱は私たちの責任である。

波動関数の可視化

量子や素粒子の世界は宇宙と同じくらい奇妙だ

何百万光年も離れた恒星のように、量子粒子を目で見ることはできない。

素粒子は、私たちが見たり、感じたり、触ったりできるあらゆる物質の中に存在している。

私たちの脳のメカニズムには制約があり、間接的な方法でしか見たり感じたりすることができない。

光子や電子のもつれという概念も、間接的な観察記録である；

一足の靴に例えて、もつれの概念を説明する。

しかし、カップと唇の間に付随する固有の不確実性は、常に粒子に残る。

宇宙では粒子がさまざまに組み合わさって、目に見える物質を形成している。

しかし、美しい陽子、中性子、電子、光子を首のある目で見ることはできない。

実験によってのみ、素粒子の性質を知ることができる；

月や最も近い惑星についての知識は、まだ包括的で完全なものではない。

素粒子、宇宙、コスモスについて知るためには、誰もタイムリミットを決められない。

文明は学び、学び直し、新たな理論や仮説を学ぶに違いない。

しかし、意識、心、魂について知ることは、人間にとって、まだとらえどころのない基本中の基本である。

いつか必ず、意識の波動関数の崩壊を見つけるだろう。

80 億ドル

愛、セックス、神、戦争が文明の生態系の運命を決める

環境と生態系は、気候が動的平衡にあるために重要である。

テクノロジーは両刃の剣であり、我々の知恵次第で建設も破壊もできる。

技術の発展には、愛、セックス、神、戦争はいかなる障害にもなりえない。

愛とセックスがなければ、進化のプロセスは進歩することなく止まっていただろう。

ラーマーヤナ、マハーバーラタ、十字軍、世界大戦は、外科的解決策であると言われた。

しかし今日、テクノロジーは人類に新たな方法、知恵、方向性を与えている。

同時に、テクノロジーは環境とエコロジーを破壊へと向かわせる。

神は、カースト、信条、肌の色、境界線、宗教を超えて人類を結びつけることに失敗した。

愛とセックスだけが、人間を人間として統合し、80 億の人類を生み出したのだ。

私

私の存在は、世界、太陽系、銀河系にとって非物質的である。

なぜなら、私が貢献できるのはシステムの無秩序とエントロピーの増大だけだからだ。

無秩序への私の貢献を逆転させる方法や可能性はない。

私たちの寿命の間に、エネルギーと物質を適切に利用することは可能である。

エントロピーを減少させる熱力学の法則を取り除く技術はない。

唯一私にできることは、この惑星の汚染と二酸化炭素排出量を減らすことだ。

また、同胞であるホモ・サピエンスの間に微笑み、愛、兄弟愛を広めることもできる。

人々は美しい地球の動植物を故意に破壊している。

私たちは、天然資源を消費し、破壊するためにこの惑星にやってきたのだと感じている。

しかし、このことが地球の気候や将来の進路を不可逆的に変えている。

テクノロジーは、さまざまな、効率的で再利用可能なエネルギー源を与えてくれる。

しかし、エントロピーの増大は、ある日突然、滅亡的な力をもって爆発するだろう。

心地よさに酔いしれる

快適さは酔わせ、病みつきにする。

衣食住への欲望は魅惑的だ。

しかし、コンフォートゾーンでは生産性が低下する。

科学者はコンフォートゾーンでは決して新しいものを発明できない。

発明のためには、単独で深海航海に出なければならない。

人々は衣食住への欲望に駆られ、陸に上がり続ける。

聡明な人々はすぐに、移住と勢いが核心にあることに気づいた。

勇気ある者は快適さから抜け出し、海の轟音を無視して泳ぐためにジャンプする。

新しいものを探求し、実験する欲望が発明の核となる

文明は移動のおかげで進歩した

不確実な世界に安住の地はない

コンフォートゾーンへの欲求もまた、量子の確率に縛られている。

自由意志と目的

生命の目的は、生きること、生かされること、そして増殖することなのか。

それとも生命の目的はDNAコードを集団で守ることなのか？

私たちには、独身のまま生殖しないという選択肢がある。

遺伝コードを守るためには、三角形が必要だ。

父、母、子がいなければ、遺伝子コードは崩壊する。

意思決定には常に自由意志が関わっている。

しかし、自由意志は不確実性と変数と結びついている

未来の領域では、自由意志の目的は不自由になる。

直感に従い、ただ自分の意志を実行するのがルールだ。

たとえ自由意志と目的が統合されなくても、謙虚であれ。

つのタイプ

私たちがかつて一緒に仕事をしていた世界には、2種類の人間しかいなかった。

率先して動こうとしない悲観主義者と、常に動き続ける楽観主義者だ。

深く考えず、とにかくやってみるタイプと、明日に先送りするタイプ。

前向きなタイプと、消極的なタイプ。

結果について考えすぎたり、分析しすぎたりすると、始めることができない。

一日の終わり、そして人生の終わりには、荷車は空っぽになる。

錨を下ろして、将来の嵐を考えずに航海を始めよう。

晴天をいつまでも待っていても、スターダムにのし上がることはできない。

人生は、量子力学的な確率にすぎないという現実を受け入れよ。

科学者に感謝しよう

量子の世界を解き明かした科学者たちに感謝しよう

私たちの感覚器官では、量子粒子を見ることも感じることもできない。

しかし、私たちの脳は理解し、視覚化する能力を持っている
。

科学は自然を解き明かし、理解するために長い道のりを歩んできた。

しかし、その終着点が遠いのか近いのか、私たちにはわからない；

科学者たちは眠れぬ夜を過ごし、仮説を立ててきた。

その後、その多くは厳しいテストに耐え、理論となっていく
。

シュレーディンガーの猫は今、量子ジャンプで箱から飛び出し、自然界へと移動している。

量子コンピューターによって、科学者たちは将来、新たな可能性を探るだろう

私たちは新しい文化に足を踏み入れたが、人間の脳、心、意識にとって、現実はまだ見えにくい。

水と酸素を超える生命

宇宙は無限に広がっている。

しかし、宇宙についての私たちの思考プロセスは、時として私たち自身を制限してしまう。

炭素、酸素、水素を超えた無限の彼方に生命は存在する。

星から直接エネルギーを取り出せる、意識を持った生命がいるかもしれない。

酸素と水は生命に必要なはずだが、他の銀河では現実ではないかもしれない。

私たちの住む地球に存在する生命は孤独かもしれない。

しかし、何十億光年も離れたところに同じような生命が存在する可能性は十分にある。

自然が多様性を好むように、他の場所でも異なる形の生命が存在する可能性はある。

しかし、我々の物理学や生物学では、その種の生命は適合しないかもしれない。

他の宇宙で生物がエネルギーを直接吸収している可能性は合理的である。

ダークエネルギーについてはまだ闇の中であり、光の境界の範囲内に限られている。

しかし、遠い銀河のさまざまな種類の生命体にとっては、暗黒エネルギーは明るいかもしれない。

光速の壁を越えれば、思い通りの速度で移動できる。

他の銀河にある系外惑星の探査は、シンプルで公平なものになるだろう。

そのときまで、科学は批判的であってはならない。

水と土地

地球の 4 分の 3 は水面下にある。

私たちホモ・サピエンスが住んでいるのは、その 4 分の 1 だけである。

海の下の世界はまだ未開拓である。

人類は土の資源を限界を超えて搾取している。

ありがたいことに、深海探査はまだ難しい。

宇宙探査はもっと簡単で快適だ。

だからこそ、月にさえコロニーを建設する競争があるのだ。

サハラ砂漠は現在の文明にとってまだ神秘的だが

私たちは、月の土地を手に入れて建設を始めることをより心配している。

世界人口の大半は、いまだに住居の解決策がない。

宇宙空間や近隣の原子を探査することは必要だ。

しかし、全人類に生存の機会を与えることは必須である。

文明はその進歩と繁栄のために、すべての人に愛情を注いで旅を始めた。

しかし、ホモ・サピエンスとそれ以外の人々との間のバランスは崩れてしまった。

人類が生き残るためには、環境とエコロジーのバランスを誠実にとらなければならない。

物理学には調和がある

農業の発見から数千年

農民は今でも土地を耕し、水稲や小麦を栽培している。

年老いた漁師は海に出て魚を捕り、市場で売る。

カウボーイとカウガールは、祖父から教わった古い曲を歌う
。

人工知能や噂の宇宙人のことは心配しない

量子もつれや遠い空にある太陽系外惑星など、彼らにとってはどうでもいいことだ。

むしろ、干ばつや不規則な気候が、彼らの収穫量にとって懸念材料なのだ。

化学肥料の乱用が土壌の生産性を低下させている。

何十億という人々が、いまだに雨水に依存している。

降雨量の不足は、彼らの子供たちを貧困と飢餓に追いやる可能性がある。

しかし科学は、原子や銀河を探求するため、ますます深く進んでいる。

科学は自然に従い、自然を探求しているのであって、自然が科学を探求しているのではない。

物理学の法則を書いた後に宇宙が誕生したわけではない。

数学の知識は基本的なものであり、私たちは惑星の力学を知っていた。

物理学を通して自然を探求するとき、ハーモニクスのあらゆる可能性がある。

自然の領域における科学

物理学には自然を説明する方程式がたくさんある。

しかし、将来の死亡日を正確に計算する方程式はない。

健康で若くして死ぬ人もいれば、悲惨な老死を遂げる人もいる。

方程式がないのに、なぜ自由意志と献身的な努力で結果を出そうとするのか。

地震を正確に予測する方程式もある。

自然災害やパンデミックの予測も確率である。

しかし、結婚の相性や持続可能性については、簡単な方程式が必要である。

科学的な予測は、100パーセント正確でなければならない。

そうでなければ、弱い人々の間では、占星術師は常に恐怖を作り出すことになる。

科学は、何千年も前に書かれた宗教文書のようなブラックボックスではない。

多くの科学者によるブラックボックス症候群は、エゴを捨てるべきである。

あらゆる可能性と確率を追求し、真実を探求すべきである。

ある信念や価値観を、証拠もなしに迷信だと言うのは失礼である。

自然と神の領域における科学は、常により良い明日と善のためにある。

進化する仮説と法則

物理学の仮説と法則、形而上学は時間とともに進化している

ビッグバン以前には、宇宙を支配するさまざまな法則があったかもしれない。

しかし、われわれにとって物理法則や自然法則は、時間の領域にしか存在しない。

時間は幻想かもしれないし、過去から現在、そして未来へと移動するものかもしれない。

時間の領域がなければ、法則の意味も目的もない。

テクノロジーは物理学に従い、ホモ・サピエンスの生活の質を高めるために進化してきた。

しかし、地球上の他の生物にとって、物理学とテクノロジーはエイリアンである。

海底に住む4分の3の生物でさえ、物理学を知らない。

しかし、彼らは数学を知らなくても快適で幸せに暮らしている。

彼らの旅と人生もまた、統計学を気にすることなく、時間の領域でしかない。

われわれ知的生物は、自然界のすべてを掌握している。

しかし、発展と進歩の過程において、自然に対して、われわれは無関心であった。

宇宙論や素粒子を知るだけでは、皆の分け前にはならない。

生態系のバランスと環境が整わなければ、人間の生命はいつか希少なものになってしまう。

科学者は進化の過程と発明のバランスを取ろう。

著者について

Devajit Bhuyan

本業は電気技師であり、詩人でもあるデヴァジット・ブイヤンは、英語と母国語であるアッサム語の詩作に精通している。インド技術者協会（Institution of Engineers）、インド行政職員大学（ASCI）のフェローであり、紅茶とサイとビーフーの国、アッサム州の最高文学団体である「Asam Sahitya Sabha」の終身会員でもある。過去 25 年間に、40 以上の言語で 110 冊以上の本を出版。出版された本のうち、約 40 冊がアッサム語の詩集、30 冊が英語の詩集である。デーヴァジット・ブイヤンの詩は、地球上に存在するもの、太陽の下に見えるものすべてを網羅している。人間、動物、星、銀河、海、森、人類、戦争、テクノロジー、機械など、ありとあらゆる物質的、抽象的なものを詩にしてきた。彼についてもっと知りたい方は、www.devajitbhuyan.com をご覧になるか、彼の YouTube チャンネル *@careergurudevajitbhuyan1986* をご覧ください。

www.ingramcontent.com/pod-product-compliance
Lightning Source LLC
LaVergne TN
LVHW091636070526
838199LV00044B/1096